COLLECTION FOLIO

Danièle Sallenave

Viol

*Six entretiens,
quelques lettres
et une conversation finale*

Gallimard

Danièle Sallenave vit et enseigne à Paris.

Elle a reçu le prix Renaudot en 1980 pour *Les portes de Gubbio*.

à *Mme Madeleine Dumonchel-Moretti,*
cité Maurice-Arnaud, résidence « Les Merles »
149, boulevard du Thénain,
Saint-Colmer (Nord)

Paris, le 16 septembre 1995

Madame,

Je suis désolée de ce malentendu : il n'était nullement dans mon intention d'utiliser les entretiens que vous aviez accepté d'avoir avec moi tels quels, sous quelque forme que ce soit, ni dans un ouvrage ni pour une diffusion radiophonique. Je n'avais parlé de les enregistrer que pour aider ma mémoire mais, si tel est votre désir, nous ne procéderons à aucun enregistrement. Il va aussi de soi que votre nom ne figurera nulle part.

Comme je croyais vous l'avoir dit, mais je ne me suis sans doute pas expliquée assez claire-

9

ment, je n'ai pas encore arrêté la forme définitive que prendra ce qui n'est pas vraiment une «enquête» — je comprends que le mot ait pu vous faire tiquer. Vous avez parfaitement raison : le dossier de votre mari est clos, du moment que le jugement a été prononcé et qu'il purge en ce moment sa peine. Je n'ai nulle intention de le rouvrir, encore moins de vous contraindre à repasser par une épreuve qui a dû être, je le conçois, suffisamment pénible. Je ne peux que vous redire ce que je vous avais écrit, et que je vous ai exposé de vive voix : il ne sera fait usage d'aucun élément de nos conversations sans votre accord explicite.

Si vous êtes toujours d'accord pour vous y prêter, nos échanges devraient contribuer à éclairer une question qu'on ne pose à mon avis que trop rarement : comment les femmes vivent la condamnation de leur mari pour le genre de faits qui a été reproché au vôtre. Je ne pense pas du tout que, pour y répondre, le meilleur, ni le seul moyen, soit celui de l'enquête radiophonique ou télévisée.

Étant donné la finalité que je me suis donnée, et il m'a semblé que vous la partagiez, j'estime que votre avis — et donc, en ce sens, votre concours — sera de la première importance. J'ai en effet senti, dès notre première entrevue, à quel point vous étiez sensible — vous me l'avez dit tout de suite textuellement — à la solitude des femmes qui sont dans le même cas que vous. Mais je n'insiste pas; votre accord ne vous engage à rien, et si vous revenez en arrière, je n'en resterai pas moins très touchée par la gentillesse de votre accueil.

Je mesure bien ce qu'il peut vous en coûter, même si la perspective est toute différente de celle d'un procès, de devoir vous remettre en mémoire ces événements douloureux. Mais si vous voulez bien regarder le livre que je vous ai laissé, rédigé en collaboration avec mes interlocutrices, des femmes d'anciens mineurs de Lorraine, vous comprendrez, j'en suis sûre, dans quel esprit je mène ce genre de rencontres et vous constaterez que les situations vécues y sont retracées avec le plus grand respect des personnes, de leur vie, de leurs difficultés.

Je ne quitterai pas Paris, comme je vous l'ai dit, avant la fin de septembre où je dois me rendre à Rennes pour y rencontrer une femme dont le compagnon est sur le point de sortir du centre pénitentiaire.

D'ici là, j'attends de vos nouvelles et je vous prie de croire à l'assurance de mes meilleurs sentiments,

> Sophie Dauthry
> 219, rue des Granges
> Paris XVIIe.

à Mme Madeleine Dumonchel-Moretti,

Paris, le 21 septembre

Chère madame,

Merci de m'avoir si vite répondu et surtout de m'avoir fait suffisamment confiance pour revenir sur votre décision de ne pas donner suite à ce projet d'entretiens.

Nous pouvons donc commencer très rapidement, j'ai en effet repoussé d'un mois mon rendez-vous de Rennes, préférant vous rencontrer d'abord puisque c'est avec vous que le projet a pris corps. Il me semble qu'il sera suffisant de se voir cinq ou six fois, mais quelques rencontres supplémentaires ne seront peut-être pas inutiles. Et je me félicite que vous ayez finalement accepté que nous en fassions l'enregistrement, les bandes ne devant pas être reproduites telles quelles, je vous le redis, ni dans le livre ni dans une quelconque production radio-phonique. Après la fin de nos rencontres et de notre travail, elles demeureront votre propriété, et vous seront restituées.

Comme vous m'avez dit que cette période vous convenait, je peux m'installer à Saint-Colmer une semaine ou un peu plus, à partir du 28 septembre.

Je propose que nous prenions un premier rendez-vous le 29, à onze heures du matin. Naturellement, si vous aviez le moindre empêchement, vous n'auriez qu'à me laisser un message à mon hôtel (Hôtel des Deux-Gares, place du 18-Juin).

Croyez, chère madame, à l'assurance de mes meilleurs sentiments,

Sophie Dauthry.

29 septembre 1995

PREMIER ENTRETIEN :
MADO

— ... mais j'ai plus de goût à rien.

— Depuis qu'il est parti ?

— Oui, du jour où ils me l'ont emmené, je n'ai plus été la même. Vous savez, c'est quelque chose d'avoir quelqu'un en prison. On ne pense plus qu'à ça.

— Vous vous tourmentez pour lui, ou bien c'est à cause de ce qu'il a fait, de ce qu'on lui a reproché ?

— Je me tourmente pour lui. Il n'a pas telle-ment de santé. Il ne dort pas bien, non, tout ça, ça me... Alors, je n'ai plus de goût à rien.

— Pourtant c'est joli, chez vous, c'est clair, c'est soigné, vous avez mis des fleurs sur la fenêtre et c'est quoi, ça, votre ouvrage ? Je peux regarder ?

— Oui, bien sûr. Du crochet. C'est pour détendre mes nerfs, le docteur me l'a dit, c'est vos nerfs, et puis un peu le cœur aussi, mais c'est surtout les nerfs, si vous voyez ma liste de remèdes, j'en suis à trois cachets le matin,

15

six à midi et trois le soir. Pour me faire dormir, pour me calmer, pour me remonter, pour me redonner de la force. Mais ça ne me fait rien, je ne peux pas dormir, je ne dors pas.

— Alors vous faites quoi? Vous lisez, vous regardez la télévision?

— Les jours de parloir, j'en prends deux en plus dans l'autobus.

— Pourquoi?

— Je ne peux pas vous dire, ça m'émotionne.

— Vous y allez souvent?

— Pas autant que je voudrais, ça fait tout de même un bon bout de chemin jusque là-bas. Et je n'ai pas les moyens de me payer trop de déplacements. Il y a une femme, aux Roitelets, c'est l'autre immeuble, juste derrière, qui a quelqu'un là-bas, elle, c'est son fils, des fois elle y va en voiture, et elle m'emmène. Mais la nuit d'après, alors zéro, nuit blanche. Mais lire, regarder la télé, je ne peux pas, non, je ne peux pas regarder la télé, avec mes maux de tête, alors je reste comme ça, dans le noir, des fois ça paraît long et on en remue, on en remue des choses, là-dedans!

— Et dans la journée?

— Ça va mieux. Mais je m'ennuie, je ne suis plus comme avant.

— Vous vous occupez tout de même, le crochet, vous aimez bien ça?

16

— Oui, maintenant, mais au début, non. Je faisais de la dépression.

— C'est quoi? Un manteau?

— Non, une couverture de bébé. C'est pour ma fille.

— Ce sont de jolies couleurs.

— Je fais ça avec des restes de laine. Mais il n'y a que les doigts qui s'agitent; la tête, pendant ce temps-là, elle travaille, j'aime mieux vous dire, elle travaille.

— Vous êtes heureuse que votre fille attende ce bébé?

— Oui, bien sûr! Mais ça ne le fait pas revenir!

— Tout de même, après ce qui lui était arrivé, à votre fille, vous n'êtes pas contente de... enfin qu'elle ait trouvé quelqu'un, qu'elle soit tombée amoureuse d'un garçon, qu'elle ait eu envie de fonder une famille?

— Ce qui lui est arrivé, ce qui lui est arrivé, bien sûr... Mais vous savez, je n'ai pas eu une vie toujours rose, hein, veuve à vingt ans avec deux garçons!

— Vous aviez vingt ans quand votre premier mari est mort?

— Je dis mort, il n'est pas mort, enfin peut-être depuis, mais il est mort pour moi, après ce qu'il m'a fait.

— Vous pouvez me le dire, ou ça vous fait trop mal?

17

— Engagé. Dans la Légion. Comme ça, du jour au lendemain. Je l'ai appris des années plus tard par les autorités militaires. Alors, après ça, vous pensez...

— Il avait peut-être une bonne raison?

— Je ne dis pas, il avait fait des bêtises.

— Des bêtises? De quel genre?

— Des grosses bêtises. Enfin, tout ça c'est du passé. Mais c'est pour vous dire.

— Mais de quel genre?

— Il réparait des voitures récupérées à la casse. On lui a reproché de ne pas avoir les papiers qu'il fallait, comment ça s'appelle, de la préfecture.

— Les cartes grises?

— Oui, c'est ça. On l'avait prévenu. Mais c'était une tête brûlée, il n'y avait rien à lui dire. Mais il y a eu encore autre chose, un type, un gars qui travaillait avec lui a eu un accident. Et ça, il a pas pu échapper.

— Quel genre d'accident?

— Il est mort brûlé dans sa voiture et on a dit qu'en fait ça n'était pas un accident. Ils s'étaient fâchés parce que mon mari lui devait de l'argent. Enfin, tout ça, c'est vieux. Et je n'ai jamais rien su de vraiment sûr, sûr.

— Et vous ne voyez plus vos fils?

— Oh non, moins je les vois, mieux je me porte!

— Votre fille Marie-Paule, c'est bien son

18

nom, n'est-ce pas, ç'a toujours été votre préfé-rée?

— Oui, on peut le dire comme ça, malgré tout le mal qu'elle m'a fait.

— Vous lui en voulez?

— Oh, oui, en un sens, je lui en veux, c'est bien sûr.

— Mais de quoi, au fond?

— De s'être laissé manipuler. Ce qu'elle a pu dire, au procès, pendant l'enquête, on voyait bien qu'elle n'y croyait qu'à moitié, elle avait l'air de réciter sa leçon, ça faisait de la peine à voir.

— Mais peut-être qu'elle était encore sous le choc. Revivre tout ça, c'est parfois difficile, surtout en public.

— Oui, peut-être bien, mais on ne m'ôtera pas de l'idée qu'elle n'avait pas trouvé ça toute seule. Alors, je lui en ai voulu, et je lui en veux encore.

— Mais vous faites quand même un tricot pour le bébé.

— Elle n'est pas méchante, la mienne, je vous dis, elle a été manipulée. Et puis une mère est toujours une mère. L'autre, c'est autre chose.

— L'autre, c'est la fille de votre mari, la fille de Lucien? C'est Maud, n'est-ce pas? Mado, Maud, ça n'est pas loin. On vous appelle Mado, non?

— Oui, mon vrai nom, c'est Madeleine, mais tout le monde m'appelle Mado. Au début, on nous confondait, Mado, Maud. Celle-là...

— Vous ne voulez plus l'appeler par son prénom?

— Celle-là! Tout ça, c'est sa faute. Il ne faudrait pas qu'elle essaie de mettre les pieds ici. Ce que je dis toujours, c'est que le temps passe. Mais pas pour l'autre. L'autre, je ne la reverrai jamais.

— Il y a longtemps qu'elles n'habitent plus avec vous?

— Qui ça? Ma fille, ou l'autre?

— Les deux.

— Non, dès le début, dès qu'il y a eu le procès, c'était plus possible de rester ensemble.

— Et maintenant?

— Ma fille, je la vois de temps en temps, pas souvent, mais l'autre, jamais.

— C'est pour ça que, à un moment, tout à l'heure, vous m'avez dit : «C'est comme si je n'avais plus d'enfants»?

— C'est vrai. Je disais ça surtout à cause de mes fils. Si vous saviez ce qu'ils ont raconté quand il y a eu le procès. Ça m'a fait mal, j'aime mieux vous dire. Tout ça, c'est un coup monté. D'ailleurs elle a essayé de fricoter avec l'aîné. Mais ça n'a pas marché.

— Qui donc?

— Elle. Ma belle-fille.

— Quand ils vivaient chez vous?

— Oh, il y a longtemps que mes fils étaient partis! Non, il était déjà marié, mais elle, ça ne la retient pas. Mon pauvre Lucien, il n'a pas eu de chance avec sa fille.

— Mais vous ne restez pas toujours seule, vous avez des amis?

— Des amis? On n'en a plus, d'amis, après une chose comme ça! D'ailleurs, je ne veux plus les voir.

— Pourquoi? Ils ont honte que Lucien soit en prison, ou c'est vous qui avez honte?

— Honte de quoi? Pourquoi j'aurais honte?

— Je ne sais pas, moi, de ce que les gens disent, dans les magasins, dans la rue.

— Non, c'est pas ça. Mais quand on voit comment ils se sont comportés, alors, là, on n'a pas une riche idée de la nature humaine.

— Qu'est-ce qu'ils ont fait?

— Ils se sont tous ligués contre lui, même ceux qui ne pouvaient rien savoir, ils avaient tous quelque chose à dire. Des gens qu'on connaissait à peine, qu'est-ce qu'ils pouvaient bien avoir à dire sur notre famille?

— Et personne ne vous a soutenue?

— Personne, madame, personne! Oh si, après, et comment ça va par-ci, et c'est pas trop dur par-là eccetera, et à me faire bonne figure. Mais moi, c'est fini.

— Mais il vous arrive de sortir, quand même? Vous ne restez pas là cloîtrée?

— Au début, si, mais je dis toujours, le temps passe. Maintenant, je sors, je fais les courses.

— Ça fait combien maintenant?

— Trois ans et demi, oui, on ne croirait pas, trois ans et demi qu'ils me l'ont pris. Voyez, quand je fais mon crochet, ça me rapproche, c'est comme ce qu'ils font en prison, des petits trucs, toujours pareils.

— Mais je crois que lui, il fait des études?

— Ça je ne sais pas trop. En tout cas, ça l'occupe et ils sont mieux traités. Tout ce que je vois, c'est que c'est bien long, lui qui me disait : « Ne t'en fais pas, ça ne sera pas long. »

— Il croyait qu'il sortirait plus tôt?

— Forcément, puisqu'il n'a rien fait!

— Quand même il y a eu les témoins, le procès, le jugement, la condamnation, non?

— C'est un coup monté. Ce sont des gens qui nous en veulent. Et tout ça pour de l'argent.

— De l'argent? Comment ça? Expliquez-moi.

— J'aime mieux ne pas en parler.

— Qui donc vous en veut?

— Premièrement, les filles. Et elles ne sont pas toutes seules. Il y a quelqu'un derrière. Plusieurs personnes même.

— Elles avaient tout de même des raisons de lui en vouloir, vous ne trouvez pas, non ?

— Je ne sais pas.

— Vous ne voulez vraiment pas en dire davantage ?

— Non.

. . . .

— ... et alors vous faites quoi, dans la journée ? Vous ne travaillez plus ?

— Je suis à la retraite depuis octobre, je pensais qu'il sortirait cette année, on aurait été libres en même temps, mais ça ne s'est pas fait. Il espérait une remise de peine, mais ça ne s'est pas fait.

— Pourquoi ?

— Il est trop bon. Il y a eu une histoire avec des types qui ne valent pas grand-chose, lui, il n'y était pour rien, mais il n'a rien voulu dire.

— Alors, vos journées, elles se passent comment ?

— Des fois, surtout au début, je n'arrivais pas à me lever, je restais au lit jusqu'à onze heures, midi. Il faut dire que je me couchais tard, tard, souvent il n'y avait plus de télé et j'étais encore là...

— À quoi faire ? À pleurer ?

— Oui, oh ça oui ! ce que j'ai pu pleurer, et puis aussi, je suis obligée de le reconnaître, des fois je forçais un peu. Alors le matin, je n'étais pas bien.

— Vous voulez dire que vous vous étiez remise à boire?

— Oui, carrément, il faut appeler ça comme ça.

— Beaucoup?

— Oui, beaucoup, je n'ai pas honte de le dire, le docteur m'a dit : «Madame Moretti, vous êtes malade.»

— Et maintenant, vous êtes guérie?

— Guérie, non, mais ça va mieux. Je ne dis pas que je suis totalement abstinente, le docteur me gronde, mais je ne dépasse pas. Non, je ne dépasse pas. D'ailleurs, je ne peux plus, à cause de mon cœur.

— C'est votre nom, Moretti?

— C'est un nom d'origine italienne. Ce n'est pas le nom de Lucien, j'ai préféré reprendre le mien.

— Depuis qu'il est en prison?

— Non, depuis qu'on est mariés. Avant, j'avais celui de mon premier mari. Je préfère. Comme ça...

— C'est mieux si on se sépare?

— Je ne pense pas jamais me séparer de Lucien. Mais est-ce qu'on sait ce qui peut arriver.

— Il pourrait vous quitter? C'est ce que vous voulez dire?

— Non, c'est des idées que je me mets dans la tête.

— Vos parents étaient italiens?

— Mon grand-père paternel, il était venu comme mineur dans la région de Donon, pas tellement loin d'ici, comme vous voyez. Mais mon père n'a jamais été mineur. Il n'était pas assez solide.

— Il faisait quoi?

— Il était ouvrier aux filatures. Dans la région, c'était comme ça, la mine ou la filature.

— Et maintenant?

— Plus ni l'un ni l'autre. Le chômage, comme partout.

— Alors vous vous levez, vous faites le ménage, c'est soigné, c'est très soigné chez vous.

— Oh, dans le Nord on est propres! Et puis je pense à Lucien, quand il reviendra, je veux qu'il trouve tout comme il aime.

— Il aimait sa maison?

— Il en était fou. Toujours à repeindre ci, à bricoler ça, il avait du temps dans la journée après son travail.

— Il était veilleur de nuit, vous m'avez dit?

— Oui, au centre commercial. Il dormait très peu, deux, trois heures, et après il avait du temps, à la maison.

— Quand vous pensez à ce qui s'est passé,

vous ne croyez pas qu'il aurait peut-être mieux valu qu'il soit moins à la maison ?

— Peut-être. Mais pour moi, il n'a rien fait, c'est un coup monté.

— Quand elles étaient petites, les filles, elles rentraient directement à la maison après l'école ?

— Où voulez-vous qu'elles soient allées ? À l'école, ils ne les gardent que jusqu'à cinq, six heures, et moi je faisais souvent le 13-21.

— C'est quoi, le 13-21 ?

— Un roulement, on changeait toutes les semaines et même après tous les trois jours quand il y a eu moins de personnel. 5 h-13 h, 9 h-17 h, ou 13 h-21 h. Le temps de revenir, je n'étais presque jamais là l'après-midi, sauf une semaine sur trois.

— Pourtant, il est très près, le supermarché, on le voit de vos fenêtres.

— Ce n'est pas à celui-là que je travaillais mais à SurGrand, de l'autre côté.

— Et quand elles ont commencé à travailler, elles habitaient toujours chez vous ?

— Oui, c'était plus commode. Simplement, là, elles ont rencontré des gens, et ils leur ont mis des trucs dans le crâne.

— Quelles gens ?

— Des amis. Au collège d'abord, enfin au LEP. Mais j'aime mieux ne rien dire.

— C'était qui ? Des professeurs ?

— Oui, une femme surtout. Une des professeurs. Elle était tout le temps à parler avec
elle.

— Maud?

— Oui.

— Elles aimaient bien l'école?

— Ma fille, pour ça, non, elle est comme
moi, elle n'aime pas apprendre.

— Votre belle-fille, alors?

— Oh, ça! pour se mettre en valeur, elle!

— Et elle n'a pas fait d'études, elle s'est
arrêtée tout de suite?

— La Maud? Si, elle a continué, elle a fait
un BTS de comptabilité, mais elle ne voulait
pas travailler. Elle avait trouvé quelque chose,
mais elle a laissé tomber.

— Et son père, qu'est-ce qu'il en a dit, son
père?

— Il la soutenait.

— Marie-Paule, elle, elle travaille?

— Pas en ce moment.

— Elle est au chômage?

— Non, elle est tombée malade. Et puis
maintenant, il va y avoir le bébé.

— Quand donc?

— Dans deux mois.

— Non, je veux dire, à quel moment est-
elle tombée malade?

— Au moment où on a arrêté Lucien. On
l'a fait souffrir, elle aussi. Pendant le procès.

— Comment cela?
— Je n'ai pas envie d'en parler.

. . . .

— ... le soir, vous regardez la télévision ou vous sortez de temps en temps?

— Oui, le restaurant, ou une fois le cinéma, mais le cœur n'y est pas. Et puis, il ne veut pas toujours.

— Lui, Lucien? Vous lui demandez la permission?

— Tout le temps. Il me dit : oui, je veux bien, mais pas avec celui-là ou celle-là.

— Ça lui déplaît? Il ne veut pas que vous vous amusiez alors que lui, il est en prison?

— Sûrement, il y a de ça. Et moi aussi, ça me gâche le plaisir. Mais je ne sais pas comment dire, il n'aime pas ça.

— Il n'est pas tranquille de savoir que vous sortez?

— Je ne sais pas. En tout cas, des fois, je lui écris, il me répond, ou au parloir, c'est non.

— Il a peur que vous vous fassiez de nouveaux amis? Peur que vous ne soyez pas fidèle?

— Oh, vous avez qu'à me regarder, de ce côté-là, ça ne risque pas, quoique, il y en a certaines... Non, mais ça le rend quand même jaloux.

— Jaloux? Il était jaloux, avant?

28

— Oh, je pense bien! Pourtant, quand on s'est rencontrés, je n'étais plus de première jeunesse, mais je m'arrangeais bien, toujours la décoloration, et les mains soignées, les vêtements, vous comprenez le travail au café, il ne disait pas ça méchamment mais, par exemple : «Dis donc, j'ai remarqué, un tel il te fait de l'œil», eccetera. Vous comprenez, dans un café, c'est le commerce, avec la clientèle. On ne fait plus attention.

— Et ça ne vous plaisait pas un peu, qu'on vous remarque, qu'on vous fasse des compliments?

— Oh, à une époque, oui!

— Pourquoi «à une époque»?

— Disons que quand le père à Marie-Paule nous a quittées, et même un peu avant, j'ai un peu, comment dire, un peu fréquenté, je suis un peu sortie, sans être trop regardante.

— Vous vouliez vous remarier?

— Oh, non, pas du tout! Le mariage, j'en avais soupé.

— Mais quand vous avez rencontré Lucien, ç'a été autre chose?

— Ah, oui, on peut le dire! Lui, ç'a été le coup de foudre.

— Pour lui aussi?

— Je crois bien.

— Et vous vous êtes mariés très vite?

— Oh non, on a attendu, il venait, il ne

29

disait rien, et un jour, ça s'est fait. Depuis, on s'est plus jamais quittés. Jusqu'à ce qu'ils viennent me le chercher.

— Vous dites qu'il était, qu'il est jaloux. Et vous, vous étiez jalouse ?

— Non.

— Non, jamais ? Pourtant, sur la photo que j'ai vue, c'est un photomaton mais quand même, on voit que c'est un bel homme, il fait très jeune. Et vous n'avez jamais pensé que...

— Oh si, souvent.

— Il avait des histoires, des aventures ?

— Je ne sais pas, mais je ne sais pas comment vous dire...

— Vous n'y pensiez pas ?

— Si, j'y pensais, mais je n'étais pas jalouse, je trouvais ça, j'aurais trouvé ça normal.

— Normal ? Parce que c'est un homme ?

— Oui, d'abord, ils ne sont pas comme nous, c'est pas pareil pour eux.

— Vous croyez ?

— Sûr ! Et lui, il était tellement mieux que moi. Je ne sais pas pourquoi je dis «était».

— Ça ne vous aurait rien fait ?

— Si, ça m'aurait fait de la peine.

— Et quand il y a eu toutes ces histoires, le procès, ça ne vous a pas fait mal ?

— Ça m'a fait mal, sûr, ça m'a fait mal.

— Vous pouvez dire pourquoi il est en prison ?

30

— Il est accusé pour viol.

— Sur sa belle-fille et aussi sur sa fille ?

— Oui.

— Et vous dites que c'est faux ?

— Je dis qu'on leur a monté la tête, aux filles, et tout ça pour de l'argent.

— Mais qui ?

— Vous voulez vraiment que je vous le dise ? Eh bien, je ne le peux pas, le juge m'a dit, faites attention à ce que vous dites, ça pourrait vous retomber dessus.

— C'est-à-dire ?

— Disons que je sais parfaitement qui a monté ma belle-fille, mais je ne peux pas dire son nom. C'est une personne qui n'est pas loin, je peux vous l'assurer.

— C'est grave, ce que vous dites là. Vous voulez parler de son ami, enfin de son compagnon ?

— Je ne peux rien dire. Mais la personne qui l'a fait se reconnaîtra et je lui dis ça, si elle nous écoute : l'argent ne lui portera pas bonheur.

— Quel argent ?

— Les dix millions.

— C'est quoi, cet argent ?

— C'est les dommages et intérêts, alors, vous pensez, il y en a que ça arrange bien. Dix millions !

— Votre belle-fille a touché dix millions ?

31

— Non, elle doit les toucher. Ce n'est pas juste.

— Ce n'est pas juste qu'il y ait des dommages et intérêts?

— Puisque je vous dis qu'il est innocent!

— Votre fille aussi. Elle va toucher de l'argent?

— Non, ma fille moins.

— Pourquoi?

— Ah, ça, je ne sais pas, c'est encore un coup pas net. Elle a mérité autant, non?

— Mais puisque vous dites qu'il n'a rien fait?

— Il n'est pas le seul. Au centre de détention, il y en a plus d'un qui est là pour la même chose. Et pas plus coupable que lui.

— Et les autres? Il n'a pas eu d'ennuis avec les autres? On dit que dans les prisons, on ne les aime pas trop, ceux qui sont dans le cas de votre mari.

— Non, je n'ai pas entendu parler.

— Et à sa sortie, vous y pensez?

— Oui, bien sûr, mais parfois, ça me fait peur.

— Peur de quoi? Parce que vous êtes restée seule si longtemps?

— Oui, déjà quand on se voit au parloir, il me semble que lui, il n'a pas changé, tandis que moi, avec tout ça, il faut dire ce qui est, j'ai pris un coup, je ne suis plus la même.

— Mais vous faites des projets, tout de même?

— Oh, ça, oui! Il veut voyager, il veut qu'on s'achète un camping-car, ç'a toujours été son rêve. Maintenant, avec seulement ma retraite, je ne sais pas si on aura de quoi. Mais je suis toujours inquiète. À cause des filles, surtout la sienne.

— Inquiète pourquoi?

— J'ai peur qu'elle nous nargue, enfin, je ne sais pas, je voudrais qu'on ne reste pas là. Mais, d'un autre côté, déménager, je ne nous vois pas.

— Comment ça se passe, au parloir?

— On parle. On se tient la main, comme des amoureux. Il me dit ci et ça, de ne pas m'en faire, que ça va s'arranger.

— Il est amer?

— Non. Il ne veut pas que je lui dise ce que je pense vraiment. Il veut passer à autre chose, il dit.

— Et dans ses lettres, il parle de sa condamnation? De ce qui lui a été reproché?

— Jamais. Il a tiré un trait. Mais ce qui lui a fait le plus de peine, c'est sa fille.

— À quel moment?

— Quand elle est venue au tribunal.

— Mais on ne pouvait pas faire autrement, non?

— Ma fille a refusé de parler, elle.

— Pourquoi? Pourtant, elle aussi...

— L'autre lui avait monté la tête.

— Votre belle-fille a menti, selon vous?

— Menti, peut-être pas entièrement, mais disons qu'elle en a rajouté, et que ma fille est trop faible, elle a jamais démenti.

— Et vous pensez au moment où il sera ici? À ce que vous ferez?

— Oui.

— Et c'est quoi?

— Rien, on s'assiéra sur le canapé, là où vous êtes, on allumera la télévision et je ferai peut-être une petite exception, je ne regarderai pas trop à la bouteille, un jour comme ça, hein?

— Au fond, vous ne lui en voulez pas?

— Non, pourquoi je lui en voudrais? Il ne m'a rien fait, à moi.

30 septembre 1995

DEUXIÈME ENTRETIEN :
L'ARRESTATION
DE LUCIEN

— En vous écoutant, on se dit que le plus important, pour vous, c'est le jour où on a arrêté votre mari. Tous vos malheurs semblent concentrés sur ce jour-là.

— C'est vrai. Je ne peux pas oublier.

— Et les faits, on dirait que ça ne compte pas pour vous, que vous ne voulez rien savoir.

— Écoutez j'en ai tellement entendu, j'ai trop souffert.

— Oui, je sais bien, mais tout de même. Mais si vous ne voulez pas en parler aujourd'hui, racontez-moi comment ça s'est passé, quand on est venu le chercher. Vous m'avez dit que vous dormiez ?

— Oui, je ne sais pas pourquoi mais je devais avoir un pressentiment, je me suis réveillée vers quatre heures et après je ne pouvais pas me rendormir. J'avais chaud, j'avais froid, je me suis levée, puis je suis revenue au lit et j'ai dormi peut-être cinq minutes, dix minutes. Je m'en souviendrai toujours.

35

— Qu'ils soient venus le chercher, ça veut dire qu'il avait été décidé de l'arrêter. Donc, ce n'est pas la première fois qu'il avait affaire à la police, à la justice. Il avait déjà reçu des convocations du juge?

— Je crois, mais ça, je ne sais pas trop, il ne me parlait pas de ses affaires.

— Vous pensez qu'il s'y rendait?

— Je pense. Mais quand on a sa conscience pour soi...

— Donc, vous saviez ce qui se préparait.

— Oui et non.

— Comment ça?

— Il y avait les filles, elles n'étaient plus comme avant.

— Comme avant?

— Oui, surtout Maud. Elle avait toujours un petit sourire.

— Et Marie-Paule?

— Elle se renfrognait.

— Pourquoi, à votre avis, Maud avait cette attitude?

— Elle, ç'a été son jour de triomphe.

— Et pas pour Marie-Paule?

— Oh non!

— Pourquoi?

— Elle l'aimait bien, Lucien, elle.

— Excusez-moi, mais ça paraît difficile à croire. Malgré tout, vous dites que Marie-Paule l'aimait bien?

— C'est comme ça. Je peux pas expliquer davantage.

— Et lui, il vous paraissait inquiet? Il vous avait parlé de quelque chose?

— Pas vraiment. Mais je me doutais qu'il y avait quelque chose d'anormal.

— Et il ne vous a jamais dit, explicitement, ce qu'on lui reprochait?

— Non, jamais.

— Pourtant, vous le saviez. Vous étiez inquiète. La police était venue?

— Oui, une fois, mais c'était surtout les filles. Marie-Paule n'arrêtait pas de pleurer.

— À votre avis, pourquoi?

— Je ne sais pas. Elle se reprochait quelque chose peut-être.

— C'était quel jour?

— À cette porte-là, juste derrière vous, je peux pas la regarder sans avoir envie de pleurer, c'est là qu'ils ont cogné et je l'ai vue se refermer sur lui, ça, ça m'est resté là. On était en septembre, le 21, regardez le calendrier. C'est celui de 91, j'en ai jamais acheté d'autre. Il y en avait un comme ça, chez mes parents, il faut arracher les pages. J'ai toujours acheté le même genre. Je les avais vus en rêve. J'y crois, moi, aux rêves.

— Qui aviez-vous vu, en rêve?

— Les deux qui sont venus le chercher.

— Ce jour-là, vous dormiez, vous m'avez dit.

— J'en avais rêvé la nuit d'avant. Et d'autres fois. Toujours la même chose, une Renault bleue et les deux flics qui montent.

— Donc vous vous doutiez de quelque chose ?

— Forcément. Deux jours avant, déjà, j'avais cru entendre du bruit sur le palier et j'ai regardé par l'œilleton, mais il n'y avait personne.

— Ça n'intriguait pas Lucien de vous voir comme ça ?

— Si, il me disait : «Viens te coucher, mon petit cœur.» Il ne dormait pas bien. Ça vous paraît drôle, hein, «mon petit cœur», sûrement, ça irait mieux à une plus jeune, hein ? mais c'est comme ça. Il m'a toujours appelée comme ça. Il était sept heures et demie juste quand ils ont sonné. J'ai sauté du lit.

— Et Lucien est resté couché ?

— Non, je vous l'ai dit, il ne dormait pas bien, je l'ai entendu, il était dans la salle d'eau.

— Mais je croyais qu'il était veilleur de nuit. Comment se fait-il qu'il était là ?

— Il avait arrêté de travailler.

— Il avait arrêté ou on l'avait licencié ?

— Disons qu'il y avait eu une compression de personnel. Et ça tombe toujours sur les plus vieux. À cinquante-cinq ans, pour eux, on est des vieux.

— Vous ne croyez pas que c'est à cause de l'enquête?

— Non. Ah, oui, peut-être. Il y a eu des bruits qui couraient. Les gens sont si méchants, toujours à l'affût.

— Et ces bruits-là, ça ne vous est pas revenu?

— Si, forcément.

— Qu'est-ce qu'on disait?

— Qu'il s'arrangeait avec les filles.

— Comment ça, «s'arranger»?

— Qu'il avait des rapports avec elles. Avec ma fille, d'abord. Vous vous rendez compte.

— Vous vous souvenez des dates?

— Oui, c'est quand j'ai été opérée, en 87. Et puis ensuite, l'année d'après. Cette fois, que c'était avec sa propre fille.

— Et vous y avez cru?

— Non. Je ne pouvais pas croire ça.

— Vous êtes restée longtemps à l'hôpital?

— À la clinique. Un mois.

— Et en rentrant, vous n'avez rien remarqué? Tout était comme avant?

— Tout était normal. Alors, vous savez, je me suis dit que les gens sont vraiment mauvais.

— Tout de même, quand ça a recommencé pour Maud, c'était quand, ça? Ça ne vous a pas troublée?

— C'est toujours venu des mêmes personnes.

— Qui?

— Je ne peux pas le dire. On était jalousés.

— Pour quelle raison?

— On s'entendait bien, on avait acheté une voiture, on se tenait un peu à l'écart, vous savez, la Cité, ça n'est pas que du beau monde.

— Donc, vous avez continué à vivre comme ça?

— Oui, pourquoi? Jusqu'au jour où ils l'ont convoqué.

— Vous avez dû faire le rapprochement, à ce moment-là?

— Je ne dirais pas que ça ne m'a pas effleurée, mais comme il est revenu tout de suite, il avait pas l'air plus frappé que ça, j'ai pensé à autre chose.

— Vraiment?

— Qu'est-ce que vous voulez me faire dire? Vous ne croyez pas qu'on m'en a posé assez, de questions?

— Je voudrais comprendre. Pour cela, j'ai besoin que vous m'expliquiez. Mais si cela vous ennuie, on ne va plus en parler maintenant.

— Non, ça ne m'ennuie pas, ce n'est pas ça, mais avec vos questions, moi, je ne sais plus où j'en suis.

— Vous voulez qu'on arrête un moment?

— Oui, je veux bien.

— Je sais où est la cuisine, je vais vous faire un café.

— Oui, ça me fera du bien.

40

— Vous ne voulez pas y mettre quelque chose? Une petite goutte?

— Non merci... Donc, quand la police est venue, vos filles, elles n'ont pas bougé?

— Moi, je vais le faire. Ça me remonte. Non, elles n'ont pas bougé. Je les connaissais, les flics, il y en a un qui habite près de chez nous, dans la Cité, aux Roitelets.

— C'est le quartier dur, les Roitelets?

— Oh oui! Ils feraient mieux de s'en occuper, plutôt que de...

— Que de quoi?

— Toujours des histoires. Des vols de voiture, des autoradios. De la drogue, même, enfin, c'est ce qu'on dit. Mais non, ils laissent faire.

— Qui? La police?

— Oui, la police, la mairie, les hommes politiques. Il fait de la politique, le Vignole, celui qui est venu chercher Lucien, avec un autre, un ancien, que je ne connaissais pas.

— De la politique? Qu'est-ce que vous voulez dire?

— Il est dans leur syndicat. Moi, je dis, il doit bien y avoir des arrangements pour leur ficher la paix, aux Roitelets.

— Vous pensez que la police est corrompue? Achetée? C'est grave, non?

— Je dis ce que je dis. Je n'en sais pas plus.

41

Mais on a bien vu, dans le film, l'autre jour, comment ça se passe, il n'y a pas que chez nous. Ils se gênent pas, dans la police, pour en toucher. Et après, bonsoir, ils ferment les yeux. Vignole, celui-là, je l'ai connu tout jeune, ses parents étaient aussi de la Cité, il est allé à l'école avec mon fils aîné.

— C'est donc vous qui êtes allée ouvrir?

— Oui, je n'ai même pas eu le temps de m'habiller, ni de me coiffer, je n'aurais jamais dû leur ouvrir, c'est ma faute, tout ce qui est arrivé après.

— Mais qu'est-ce que vous pouviez faire?

— Je n'aurais pas dû. Peut-être que si je leur avais dit qu'il n'était pas là, il aurait eu le temps de partir.

— Mais vous croyez que ça aurait suffi? Il serait parti, vous dites, il serait allé où?

— Je ne sais pas, je dis ça. Oui, il serait allé où? On est des petits, nous, on n'a pas de moyens. Les gros, ils s'en sortent toujours, mais nous, il faut qu'on paye.

— Il y avait donc un certain temps que la police s'occupait de Lucien?

— Je vous ai dit, je ne sais pas. Il s'absentait, il allait et venait, il ne me tenait pas au courant. Mais pour moi, ça s'est fait dans notre dos. Alors je leur ai ouvert, et j'ai appelé Lucien.

— Vous croyez qu'il n'avait pas entendu?

— Non, ç'a été un réflexe. Je l'aurais claqué, le Vignole, avec sa petite voix, son air de pas y toucher : «Monsieur Dumonchel, c'est ici?» Comme s'il ne savait pas qui on est. Dumonchel, c'est un nom du Nord, et pourtant, Lucien, il n'est pas né ici.

— C'est le règlement, je crois, on vérifie l'identité.

— Est-ce que je sais, moi? J'ai cru que j'allais me trouver mal. Rien que d'y penser, je vais reprendre un cachet, je me sens trop nerveuse.

— Vous en prenez toujours quand vous vous sentez mal?

— Toujours. Le docteur me les a changés, j'étais trop habituée aux autres, ceux-là il m'a dit que c'était plus fort et de ne pas cn abuser, mais au point où j'en suis.

— Lucien était prêt?

— Prêt à quoi?

— À partir.

— En tout cas, moi, j'étais affolée, je me disais, ils vont l'emmener, qui sait s'ils ne vont pas le garder, et qu'est-ce qu'il aura à se mettre.

— Vous l'avez dit? Vous avez fait quelque chose? Vous êtes allée lui préparer des vêtements, du linge, des chaussettes?

— Oui, c'est ce que m'a dit l'autre : «Faut lui préparer des affaires.» Mais je n'avais plus ma tête. Je vous dis, c'était un réflexe, je suis restée là, comme plantée, là.

— Ils vous ont dit quelque chose ? Ils étaient où, eux ? Dans l'entrée ?

— C'est difficile de se souvenir, ça fait presque quatre ans et demi maintenant, je crois que c'est l'autre, je ne sais pas son nom, qui m'a repoussée pour entrer.

— Repoussée ? Vous leur barriez la route ?

— Je ne savais plus où j'en étais, j'étais comme paralysée, alors tout me tournait dans la tête et j'aurais voulu que Lucien n'arrive pas. « Qu'est-ce que vous lui voulez à Lucien ? » j'ai dit. Ils n'ont pas répondu.

— Ils n'ont rien dit ?

— Si, le Vignole a dit : « Laissez-nous donc entrer », et l'autre a ajouté quelque chose, je ne me souviens pas.

— Et vos filles, elles se sont montrées ?

— Ce n'est pas « mes filles », ç'a été « mes filles », mais ça n'est plus le cas. Elles sont restées dans leur chambre. Ça n'était pas trop le moment de se faire voir. Et puis j'ai entendu Lucien. J'en ai encore le cœur serré, il n'a même pas eu le temps de finir son café. Lui ! Sans son café, le matin, il n'y a personne.

— Il s'y attendait ?

— Pensez-vous ! Il est venu jusqu'à la porte, et il a tendu la main à Jean-Marc Vignole. Il lui a dit : « Comment ça va, monsieur Vignole ? » et moi, je pleurais, je pleurais !

— Vous pensiez donc qu'il y avait quelque chose de grave ?

— De grave, ça oui, vous savez, quand on les voit, ceux-là, c'est jamais rien de bon, mais de là à penser...

— À penser que quoi ? Qu'il allait être condamné ?

— Condamné ? Déjà, j'étais loin de penser qu'il allait se déballer toutes ces saletés. Comment j'aurais pu me douter...

— Parfois j'ai l'impression que vous ne me dites pas tout, que vous ne voulez pas me parler franchement.

— Mais si, je suis franche avec vous, je suis toujours franche, moi, c'est même un défaut chez moi, je dis tout ce que j'ai sur le cœur. Simplement, je ne me souviens peut-être pas toujours bien de tout. Avec tous mes médicaments, c'est forcé.

— Pourtant, moi, si je veux être franche avec vous, et d'après ce que vous avez dit tout à l'heure, je suis obligée de vous dire que je n'y crois pas, je ne peux pas croire que vous ayez été complètement surprise par ce qui s'est passé à ce moment-là.

— Mais je ne dis pas ça !

— Si, vous dites que vous ne vous attendiez pas à ce qu'on vienne le chercher.

45

— En un sens, non, pas si vite. Mais surtout, c'est les histoires qu'on a racontées ensuite.
Et le procès, et tout ça. Je n'aurais jamais
pensé que la Maud aurait été raconter des
inventions pareilles. Mais autrement, dans un
autre sens, j'étais au courant. J'étais forcément
au courant de ce qu'elles se complotaient, les
filles, puisqu'une fois je les avais entendues,
elles savaient pas que j'étais là.

— Vous dites qu'elles complotaient? Vous
voulez dire quoi?

— C'est Maud. Elle voulait forcer Marie-
Paule à parler.

— À parler?

— À dire du mal de Lucien.

— Du mal?

— Oui, qu'il n'aurait pas été correct avec
elle, eccetera. Elle pleurait, Marie-Paule, elle
pleurait! «Tu sais comment ça s'appelle un
type comme ça? Tu sais ce que ça mérite?»
elle disait, Maud. Un «type comme ça»! Son
père! Mon sang n'avait fait qu'un tour, j'avais
eu envie de tout raconter à Lucien et puis,
comme d'habitude, j'ai tout gardé pour moi.

— Tout à l'heure vous me disiez le contraire.

— Ah bon? J'ai dit le contraire?

— Oui, que vous étiez incapable de garder
quelque chose pour vous.

— Ah, mais ça, c'est différent! Je n'allais
pas embêter Lucien avec ça.

46

— Vous le protégez, Lucien, n'est-ce pas ?

— Mais c'est le rôle d'une femme, non ? Je suis sa femme et je ne veux pas qu'il lui arrive du mal. Cela dit, si jamais ç'avait été vrai, j'aurais été la première à...

— À quoi ? À le dénoncer ?

— Je ne serais pas restée avec lui.

— Mais par la suite, quand il y a eu le procès, ça ne s'est pas recoupé pour vous ? Ce que vous aviez entendu dire par les filles et ce que les témoins, le juge, ont dit. Et puis ces bruits, qui avaient couru.

— Non, pour moi, il n'y avait pas tellement de rapport. Sauf que, peut-être qu'on les avait... Enfin, je voyais seulement qu'elles avaient... enfin, qu'elles s'étaient mises d'accord.

— Et vous le pensez toujours, rien ne vous a ébranlée ?

— Il était tout pâle, mon Lucien, je vous l'ai dit, il ne faut pas qu'il sorte sans rien dans le corps, c'est mauvais pour lui, et moi, j'étais là, à pleurer, à pleurer, alors il m'a dit : « Tais-toi donc, mon petit cœur, apporte-moi plutôt mon sac. »

— Son sac ? Vous lui aviez déjà préparé un sac, donc vous étiez prête et lui aussi ?

— C'est une façon de parler. Il fallait bien qu'il emporte quelque chose.

— Mais c'était prêt ou vous êtes allée lui préparer ?

— Qu'est-ce que ça change? Peut-être que j'y avais vaguement pensé, que j'avais mis deux ou trois choses de côté, à tout hasard, mais sans y croire. Tout ce que je vois, moi, c'est que, ce soir-là, il a été dormir en prison.

— Dites-moi un peu, décrivez-moi. Ils étaient là, dans l'entrée, et vous vous êtes sortie par là?

— Oui, par là, je suis allée vers la chambre, il y a des placards dans le couloir.

— Vous les entendiez? Ils parlaient?

— J'ai pas bien entendu, il y avait toujours la radio dans la cuisine.

— Maud?

— Oui, Maud.

— Et Marie-Paule?

— Je ne sais pas, elle devait dormir. J'ai juste entendu Lucien qui disait : «Ne me tutoyez pas, si ça ne vous dérange pas.» C'est vrai, ça, il n'y a aucune raison de tutoyer quelqu'un, n'importe ce qu'il a fait, est-ce que ça les regarde?

— Sûrement. Vous avez raison. Et c'est tout?

— Vous savez, je ne suis pas restée bien longtemps absente. Quand je suis rentrée, Lucien était près de la fenêtre, à fumer.

— Il fume beaucoup?

— Non, pas beaucoup, sauf quand il est énervé. «Ça vient?» a dit Vignole. Là, je n'ai

48

pas pu me contenir : « Vous êtes bien pressé, hein ! C'est pas bien beau le métier que vous faites, je lui ai dit. Vous le savez bien qu'il a rien fait, vous le savez bien qu'il a rien fait. »

— Et il vous a répondu quoi ?

— Rien, il a juste haussé les épaules, d'un air... de se moquer du monde. Ah, ils étaient bien contents !

— Vous croyez qu'ils sont contents, que ça leur fait plaisir quand ils arrêtent quelqu'un ?

— Ah oui, je crois. D'ailleurs, c'est comme les contraventions, ils sont tenus d'en faire un certain nombre.

— Un certain nombre de quoi ?

— De procès, d'arrestations, d'enquêtes. Faut qu'ils fouillent partout. Qu'ils mettent leur nez dans les affaires des gens.

— Mais vous ne pensez pas qu'on en a besoin, que la police, c'est utile, tout de même ?

— Je ne dis pas. Mais ils n'ont qu'à s'occuper de tous les malfrats qu'y a, ça n'est pas ça qui manque, rien qu'aux Roitelets.

— Et puis ils sont partis ?

— Oui, Lucien est passé devant, et il a quand même eu le temps de me dire : « Pleure pas, mon petit cœur, ça sera pas long », et on s'est embrassés. « Ça c'est toi qui le dis », a dit le Vignole. J'ai pas voulu voir ça, j'ai claqué la porte un bon coup.

49

— Vos filles s'étaient aperçues de quelque chose ?

— J'ai appelé, je me sentais vraiment pas bien, et c'est l'autre qui est venue.

— Maud ? Votre fille n'a pas entendu, elle était toujours dans sa chambre ?

— Oui, c'est l'autre qui est venue, mon sang n'a fait qu'un tour, j'ai vu rouge ! Là, je me suis sentie mal, je ne sais même pas ce qui s'est passé.

— Vous étiez où ? Décrivez-moi.

— J'étais juste là, sur le petit canapé qu'on venait d'acheter, un petit salon de télévision qu'ils appellent ça, avec deux fauteuils et une petite table. J'ai quand même réussi à le garder.

— Comment ça, le garder ? Que voulez-vous dire ?

— On l'avait pris à tempérament, avec une nouvelle télé, et moi, comment voulez-vous que je paye tout ça, avec juste mon salaire ? Alors, ils sont venus tout me reprendre.

— Mais vous avez toujours la télévision ?

— Heureusement, qu'est-ce que je deviendrais sans ! C'est une compagnie. Non, celle-là, c'est une autre, j'ai pu m'en racheter une. Mais je suis restée presque un an sans, je ne vous dis pas.

— Vous regardez quoi ?

— Tout. Mais surtout les jeux. À six heures,

j'ai *Champion*, à sept heures et demie, c'est...
et puis il y a *Champs-Élysées,* enfin maintenant, c'est *Studio Gabriel.* Le pauvre, il a perdu
sa mère, récemment.

— Qui a perdu sa mère ?

— Drucker. Ce qui est bien, avec lui, c'est
les imitateurs. Ah, les hommes politiques, ça,
ils ne les ratent pas ! C'est bien fait.

— Pourquoi dites-vous que c'est bien fait ?

— Ils sont tous pareils. Tous. Il n'y en a pas
un qui rachète l'autre.

— Là-dessus, il était d'accord, Lucien ?

— Oui, oh oui ! Il en avait assez souffert.
Quand on lui a reproché ses déplacements à
l'étranger. Ils se gênent, eux.

— Je ne vois pas de quoi vous parlez. Vous
ne m'avez pas parlé de ça, pas encore.

— À une époque, il n'avait pas plus de vingt
ans, il avait été dans l'armée, enfin pour son
service, et on a voulu faire passer qu'il avait
été mêlé à des trafics.

— Des trafics ?

— Oui, toute une histoire en Indochine, un
trafic, quoi. Comment elle s'appelle, la mon-
naie, là-bas ?

— Vous voulez parler du trafic des piastres ?

— C'était plus ou moins lié à ça. Par contre,
les hommes politiques, eux, qu'est-ce qu'ils
n'ont pas mis de côté ! Mais eux, pas de pro-
blèmes, hein ? Ils s'entendent entre eux. Remar-

51

quez, lui, il a pu prouver qu'il n'était pas là-dedans. Mais ça laisse des traces et après, ils sont toujours à vous revenir dessus.

— Il avait fait son service militaire en Indochine ? Mais les soldats là-bas, ça n'était pas des volontaires, des engagés, l'armée de métier ?

— Comment je pourrais vous dire ? Je n'y connais pas grand-chose

— Revenons à ce jour-là. Que s'est-il passé ensuite ?

— Je ne sais pas ce que j'avais dans la tête, toutes sortes d'idées, j'avais allumé la télé, machinalement, mais je ne voyais rien, les images se brouillaient devant mes pauvres yeux, tiens, je me suis dit, je vais me mettre en grève, parfaitement, je devrais bien, une bonne grève de la faim pour défendre Lulu, il y en a qui en font pour moins que ça, et je serai capable de tenir, deux, trois semaines, à la fin il faudrait qu'ils me nourrissent de force, tous les soirs on parlerait de moi au journal télévisé, peut-être que ça les ferait changer d'avis. Ou alors j'irais m'attacher devant les grilles, là-bas, au commissariat. Je vous dis, je n'avais pas toute ma tête.

— Et Maud ? Qu'est-ce qu'elle a dit, quand elle vous a vue comme ça ?

— Je me disais aussi qu'il aurait fallu que je m'habille, je ne me souvenais plus quelle semaine on était, je ne pensais plus que c'était

Odette qui faisait le 9 h-17 h. Je criais : «Marie-Paule ! Marie-Paule, viens donc là !»

— Et elle ne venait toujours pas ?

— Maud m'a fait un effet quand je l'ai vue ! Il faut dire qu'avec ses cheveux carotte et ses trucs de danse, on se demande avec qui on vit.

— Quels trucs de danse ? Elle fait de la danse ?

— Oui, de la danse moderne, alors elle est toujours à porter des espèces de grandes chaussettes pour se tenir chaud. Et la voilà qui me fait des sourires et des mamours et gna-gna-gna : «Qu'est-ce qu'y a, maman ? Tu veux quoi ? Et il est où, Lucien ? Il est pas là ? Il est déjà sorti ?» Là, j'ai explosé ! «Je t'ai rien dit à toi, espèce de ce que je pense ! T'es encore à traîner à l'heure qu'il est ? Et ne m'appelle pas maman, s'il te plaît !»

— Elle dit «Lucien» pour son père ?

— Oui, il y a déjà longtemps qu'elle l'appelle comme ça.

— Depuis quand ?

— Oh, depuis qu'elle a quinze, seize ans.

— Elle vous a paru normale ?

— Avec ses manières et ses fréquentations, je ne vois pas trop qu'elle soit normale. Elle était là, à bâiller : «Tiens, il fait beau. — C'est tout ce que ça te fait ? Le jour où on emmène ton père ?» je lui ai dit. On aurait cru que ça la faisait rire : «Ah, elle me fait, parce qu'ils l'ont emmené, Lucien? — Sors de là, sors de là, je lui ai fait. Je ne veux plus te voir!» Alors elle me fait : «Qu'est-ce que tu as à crier comme ça? C'était qui, tout à l'heure? Des amis de Lucien?» Alors là, j'ai craqué : «Tout ça, c'est ta faute! Sors de là, sors de là.» Et là, je me suis effondrée. Sans personne pour m'aider. Personne.

— Pas même votre fille? Qu'est-ce qu'elle attendait pour venir?

— Je ne peux pas vous dire quel effet ça m'a fait d'entendre ça : «C'était qui, tout à l'heure, des amis de Lucien?» Alors que tout ça, hein, sans elle, on aurait été bien, une famille unie, sans histoire.

— Vous m'avez dit tout à l'heure : «ses fréquentations». Qui donc? Des amis? Un garçon?

— Oh, les garçons, pour ça, elle n'était pas en reste! Mais, après tout, ça ne me regardait pas, c'était à son père de voir.

— Et son père? Il ne disait rien?

— Je ne peux pas dire qu'il était enchanté. Un jour, tiens, ça me revient, on est rentrés ensemble, Lucien et moi, et elle était devant chez nous sur une moto, avec un garçon des Fauvettes. Ils ne nous ont pas vus, et ils étaient en train de s'embrasser, enfin, vous voyez. Eh bien, j'ai remarqué Lucien, il était devenu tout pâle.

— Elle avait quel âge, à ce moment-là ?

— Dix-sept, dix-huit. Même que j'ai failli lui faire la réflexion, mais je n'ai rien dit, il a retrouvé ses couleurs et on est rentrés dans l'immeuble sans rien leur dire.

— Vous pensez qu'il était choqué, comme beaucoup de pères, de voir qu'elle fréquentait des garçons ? Mais ça n'était pas le début ?

— N... non. Sûrement. Mais c'est pas seulement ça. Il était tout bizarre.

— Et quand Marie-Paule a eu ses premiers flirts, ça ne vous a pas fait la même chose ?

— Marie-Paule, elle se tient mieux, elle n'est pas accrocheuse comme l'autre. Mais Lucien, certainement que ça ne lui a pas fait plaisir. Je ne l'avais jamais vu comme ça. Tout pâle, pâle ! Et puis l'air mauvais, lui qui est si doux d'habitude !

— Vous avez parlé de ses fréquentations. Qui d'autre encore ?

— Une dame.

— Une dame ?

— Oui, une femme, je peux même dire son nom, c'est une professeur du LEP, elle s'appelle Mme Esposito. C'est une étrangère.

— Une étrangère ?

— Oui, elle est espagnole, Esposito, c'est son nom, elle est divorcée.

— Mais vous-même, votre nom, c'est Moretti.

— Moi, c'est mon grand-père qui est venu en France, on est là depuis trois générations. Cette Mme Esposito, enfin, Maud à une époque était toujours fourrée chez elle. Moi, ça ne me plaisait pas trop.

— Pourquoi ?

— Elle a changé du tout au tout. Avant, c'était la gentille petite fille, très mignonne, très gaie, beaucoup plus que ma propre fille, je n'ai pas honte à le dire, mais après ça, elle est devenue insolente, elle tenait tête, surtout à son père. Elle le regardait droit dans les yeux, il faut voir !

— Et que disait son père ?

— Rien. Il ne disait rien, elle avait toujours le dernier mot.

— C'était son professeur de quoi ?

— De français, pour une Espagnole, vous avouerez ! Et puis je me demande pourquoi un professeur de français, hein ? pour préparer la comptabilité. Enfin, aujourd'hui... Mais cette femme-là, on ne me l'ôtera pas de l'idée, elle a eu une mauvaise influence sur Maud. D'ici que...

— D'ici que quoi ?

— Je ne veux rien dire. Mais je ne sais pas ce qui s'était passé, une fois, on l'a rencontrée, cette dame-là, au centre commercial et il faut voir comment elle l'a regardé.

— Qui ?

56

— Lucien. Maud a dit : «C'est mon professeur de français.» Moi, j'ai dit bonjour, elle ne nous a pas répondu, mais elle a regardé Lucien d'un air, d'un air ! Qu'est-ce que Maud et elle avaient bien pu...

— Alors, tout le monde se serait ligué contre vous ? Le professeur de Maud, les voisins, votre propre fille ? Ça vous paraît possible ?

— Ah, madame, on est des petits ! On est sans défense, nous autres.

TROISIÈME ENTRETIEN :
LA CITÉ

— ... mais vous vous plaisez ici? Il y a long-temps que vous habitez la Cité?

— J'aurais eu le choix!

— Comment ça?

— J'aurais eu le choix, je ne crois pas que je serais venue habiter à la Cité.

— Pourquoi? Vous ne vous y plaisez pas?

— Oh, se plaire, ne pas se plaire! Mais j'aurais eu le choix, j'aurais évité. Ça n'est pas un endroit, enfin, comment dire, regardez tout ce qui se passe aux Roitelets.

— Oui, vous m'avez dit, c'est un endroit mal famé.

— Je ne saurais pas vous dire, mais en tout cas, il n'a pas bonne réputation.

— Vous auriez préféré rester en ville, à Saint-Colmer? C'est là que vous êtes née?

— Oui, à Saint-Colmer. Non, plutôt faire construire, si on avait pu, j'aurais aimé être en pavillon. Parce que, la ville, non, moi, j'étouffe. Même pour faire des courses, je parle avant, maintenant je n'y vais jamais, même pour faire des courses, ici il y a tout ce qu'il faut. Centre commercial et tout.

— Oui, je l'ai vu en arrivant.

— Il y en a un autre, c'est là que je travaillais, je vous ai dit, à SurGrand. Non, ici, ce serait bien, on a le car, qui va jusqu'à la gare de Saint-Colmer et de là à la cité administrative, aux allocations, à la caisse de retraite, non, on n'a pas à se plaindre. Mais un pavillon, ça... Ç'aura toujours été mon rêve.

— Et à votre mari aussi?

— Non, il se plaisait ici.

— Ici, dans cet appartement?

— Oui. Beaucoup. Avant, il avait été ici, et puis là, même à l'étranger, à un moment.

— Oui, vous m'avez dit, en Indochine. Comme militaire.

— Non, pas du tout, pour des affaires.

— Mais pourtant, vous m'en avez parlé l'autre jour, vous m'avez dit qu'il y avait fait son service militaire. Vous m'avez même dit qu'il avait été compromis, il ne faut pas avoir peur des mots, dans une affaire de trafic.

— Ah, je vous ai raconté ça? C'est bien possible.

— Bien sûr. Vous ne vous souvenez pas?

— Oh, je m'embrouille, ma pauvre tête s'embrouille. Tout ça, c'est du passé. C'est des détails.

— Et vous ne lui avez jamais posé de questions là-dessus non plus ?

— Il n'aimait pas trop en parler. Si, quand même, ça, ça l'avait marqué. C'était pas juste, il avait été mal jugé pour quelque chose qu'il n'avait pas fait. Il leur en voulait.

— À qui ?

— À tous ces politiciens. Pour le reste, non, il ne m'en parlait pas. Et moi, je ne suis pas curieuse. Je ne pose jamais de questions.

— Ni aux filles ? Ni à votre mari ?

— Non. Je vous dis, je ne suis pas curieuse.

— Vous ne trouvez pas qu'il est normal de poser des questions à son mari, à quelqu'un avec qui on vit ?

— Ça ne me regardait pas.

— Les affaires de Lucien, ça ne vous regardait pas ? Mais par la suite, quand il y a eu toutes ces... toutes ces histoires... vous ne vous êtes pas dit...

— Je ne me suis rien dit, moi, ça n'est pas mon genre, je ne cherche pas d'histoires. Si tout le monde était comme moi...

— Il a eu de la chance avec vous, Lucien, hum ?

— Je ne sais pas. C'est plutôt moi, qui ai eu de la chance quand je l'ai rencontré, vous savez, je n'avais plus tellement d'espoir.

— D'espoir ?

— Oui, de refaire ma vie. À quarante-deux

61

ans. C'est tard pour une femme. Moi, je dis toujours, à quarante ans, une femme, c'est fini.

— Vous pensez ça ?

— Oh, oui, son meilleur est passé.

— Et un homme, non ?

— Ah, un homme, non, ça n'est pas pareil ! Il a encore la vie devant lui. Il peut refaire une famille, avoir des enfants.

— Une femme aussi, à quarante ans.

— Oui, peut-être, mais c'est tout juste. On se fatigue, on n'est plus aussi patient.

— Il avait envie d'avoir des enfants avec vous, Lucien ?

— Oui. C'est moi qui n'ai pas voulu.

— Vous le regrettez ?

— Des fois, oui.

— Vous pensez que ça aurait changé les choses ?

— Peut-être. Peut-être pas.

— Donc, il aimait vivre ici ?

— Oui, un pavillon, un jardin, ça ne lui dit rien. Lui, c'est un homme d'intérieur.

— Vous, oui, n'est-ce pas, ça vous manque, un jardin, des fleurs. Il n'y a qu'à voir votre petit balcon.

— Même sur la fenêtre de la cuisine, j'en mets. Et souvent, Lucien, il m'en rapportait, un pot de ceci, un pot d'autre chose. Des chrysanthèmes. On dit que ça fait cimetière, mais je ne trouve pas. Moi, j'aimais bien la campagne. Autrefois, la Cité n'existait pas, il y avait des petits jardins, ici, mon père en avait un, je n'ai jamais mangé des salades aussi bonnes. Je ne suis pas née bien loin, je suis née à Saint-Colmer même, à la sortie, pas loin d'ici, et mon père avait un petit jardin juste ici, c'est drôle, non? C'était une bonne vie.

— Meilleure que maintenant?

— Comment dire? On était des gamins, c'est l'insouciance, hein, la jeunesse? Mes frères et moi, certainement, on a eu de bons parents.

— Vous aviez plusieurs frères?

— Trois. J'étais la petite dernière.

— Que sont-ils devenus, vos frères?

— J'en ai un qui est mort au Maroc, l'aîné, pendant qu'il était soldat, un autre s'est tué en voiture, et le second, je l'ai perdu de vue.

— Ça ne vous attriste pas beaucoup, on dirait?

— Avec tout ce que j'ai subi, je n'ai plus de larmes, vous savez. Pourtant on s'entendait bien, mais vers quinze ans, on s'est séparés. Le premier est parti faire son service là-bas, en Algérie...

— Vous m'avez dit au Maroc?

— Oui, je m'excuse, au Maroc, et ils l'ont tué. On l'a retrouvé dans un état qui n'était pas joli-joli. Alors c'est pour ça que, aux Roitelets, tous ceux-là, ça ne me plaît guère.

— Il y a beaucoup d'Arabes, dans la Cité?

— Pas tant qu'ailleurs, à Donon, par exemple, mais encore assez.

— Ils ne sont pour rien dans la mort de votre frère. C'est nous qui leur faisions la guerre.

— Je ne dis pas mais ils sont cruels.

— Cruels?

— Oui, ils ne nous aiment pas.

— C'est une énorme cité, ici. C'est la cité Maurice-Arnaud, c'est ça?

— Ah, je crois bien, je pense qu'on est au moins trois mille habitants. Oui, Maurice-Arnaud.

— Vous savez qui c'est, ce Maurice Arnaud?

— On m'a dit que ç'a été un résistant. Qu'il aurait été fusillé. Mais je n'en sais pas plus.

— La Résistance, il y en a eu beaucoup dans la région?

— Vous savez, à la guerre, j'avais six ans, alors.

— Quand même.

— Et tout ça, c'est de la politique. Je ne m'en mêle pas. Je n'ai pas voté depuis dix, quinze ans.

— La Résistance, la collaboration, c'est de la politique?

— Ben oui. C'est toujours les mêmes qui s'en tirent. Qui se débrouillent.

— Qui donc?

— Les gros.

— Mais Maurice Arnaud, vous dites qu'il a été fusillé.

— Oui. Il avait vingt-trois ans. C'est marqué sur la plaque. Je ne dis pas, je regrette pour lui, mais il avait sûrement une raison de faire ce qu'il a fait.

— Et vos parents, vous vous souvenez de ce qu'ils disaient, pendant la guerre?

— Mon père était né en 10. Il a été prisonnier mais il est revenu comme soutien de famille. Pour le reste, il n'en parlait jamais. Tout ce que je sais, c'est qu'il a réussi à élever ses gosses, et ça, ça n'est pas de la politique.

— Vous dites qu'il y a trois mille habitants, dans la Cité?

— Oui, mais tout le monde n'est pas de Saint-Colmer, beaucoup travaillent à Turquain, à Donon, certains même à Lille.

— De la fenêtre, on voit plusieurs barres. Il y en a combien?

— Cinq. C'est dur d'avoir ça tout le temps sous les yeux, des fois ça me déprime. C'est pour ça que j'ai tourné le canapé dans l'autre sens.

— Pourtant, on sent qu'il y a un effort, on les a repeintes il n'y a pas bien longtemps, on dirait?

— Oui, l'été dernier. C'en a été, un chantier! Et toutes ces couleurs, je ne sais pas si j'aime tellement.

— C'est plus gai que le gris.

— Gris, c'est propre, ça passe bien. Tandis que bleu, rose, vert. Le plus moche, c'est le mauve. Heureusement, c'est le nôtre.

— Pourquoi?

— Au moins, comme on est dedans, on ne le voit pas. Enfin, ils ont fait un effort. Ce que j'aime bien, par exemple, c'est les noms. Chaque barre a un nom d'un oiseau, dans l'ordre alpha-bétique : Alouettes, Chardonnerets, Fauvettes, etc. La quatrième, c'est la nôtre, les Merles. La dernière, c'est les Roitelets. Personne n'a envie d'y aller habiter.

— Et les portes?

— Des lettres. Nous, c'est C. Mais elles sont dangereuses. Originellement, elles sont toutes vitrées, mais vous pensez si ça résiste. Il y a eu un accident.

— Grave?

— Ça a bien failli. Une femme, elle n'a pas vu que la vitre était cassée, forcément, la minu-terie marche quand ça lui chante. Alors elle a passé le bras à travers. S'est sectionné une artère. Enfin toujours est-il que sa fille lui a mis un foulard, serré, serré, et qu'on a eu le temps de l'emmener à l'hôpital. Ils lui ont fait une transfusion. Ils ont dit, il lui restait, quoi, la quantité d'un verre, de sang, pas plus. Moi, je trouve qu'ils feraient aussi bien de les remplacer par des portes pleines. En plus, sans vitres, ça fait d'un froid! Y a un vent! L'autre jour, moi, je me suis trouvée toute bête, il y avait plus de vitre du tout, j'ai poussé machinalement la porte, je me suis retrouvée sur l'escalier de dehors, enfin presque. Pour une artère, on nous le disait à l'école, il faut serrer entre la coupure et le cœur. Je me demande pourquoi j'ai retenu ça. Enfin, ça peut servir, la preuve. Moi, c'est ce que je dis, l'école, d'accord, mais on leur met dans la tête pas mal de choses qui servent à rien.

— Il m'a semblé qu'il y avait une drôle d'odeur, quand je suis arrivée, tout à l'heure. On n'y voyait pas beaucoup avec le brouillard, j'ai failli ne pas voir la sortie dc la bretelle, mais il y avait encore cette odeur de caoutchouc.

— De colle. À l'automne, et au printemps, avec le brouillard qu'on a. C'est l'usine. Une entreprise japonaise qui fait des jouets, des robots en plastique. Ah, quand ça commence, il y en a pour des jours, ça vous tient le fond du nez, on a l'impression qu'on en mange. On a bien fait une pétition, mais ça ne sert à rien.

— Il y a une vie de quartier, des associations?

— Pensez-vous! C'est chacun pour soi. Moi,

je ne signe jamais leurs machins, c'est toujours politique, derrière.

— Avec les arbres, là-bas, c'est déjà la campagne ici.

— Non, ce n'est pas de la campagne, mais ça n'est pas vraiment une ville non plus. C'est une banlieue. Mais des fois, on sert un peu de dépotoir. Juste après les Roitelets, c'est là que les gens de Saint-Colmer rangent leurs caravanes.

— Là ?

— Non, là, c'en est d'autres qui habitent dedans.

— Toute l'année ?

— Toute l'année. Ça ne fait pas bien propre.

— Avant, vous m'avez dit qu'il y avait quoi, une rivière, des jardins ? Parce qu'il y a trente ans que les barres auraient été construites ? Vous êtes venue tout au début ?

— Tout au début. Il n'y avait qu'un immeuble, celui-là on l'a démoli, puis en 60 et quelque, j'ai eu mon F4, ici. Avant ? Avant, oui, je vous l'ai dit tout à l'heure, il y avait une petite rivière, un espèce de ruisseau, juste entre les Merles et les Roitelets, ce qui fait que les caves des Merles sont souvent inondées. Le Thénain. C'est le nom de la bretelle, derrière, « boulevard du Thénain ». Il n'était jamais à sec même dans les étés.

— La rangée d'arbres, là ?

68

— Non, c'en est d'autres, beaucoup plus récents. C'est quand il y a eu des plaintes pour le bruit de l'autoroute. On a planté tout ça, ils appellent ça une haie antibruit, je ne sais pas si ça change grand-chose. Il y a un trafic! La nuit, avec tous ces camions! Parce qu'il ne restait rien d'avant. Ils avaient tout abattu, ceux d'avant, de beaux arbres, hein! des arbres centenaires! Moi je dis toujours, quand on coupe un arbre, je ne sais pas ce que ça me fait. Pour en revenir au Thénain, il y a une partie couverte, des fois, l'été, ça ne sent pas bon. Mais autrefois, on profitait de l'eau pour arroser, dans les jardins.

— Des jardins où, exactement?

— Là où il y a la dalle.

— La dalle?

— Oui, au centre commercial, c'est comme ça qu'on l'appelle. Pour se donner un rendez-vous, on dit : «sur la dalle». Eh bien là, il y avait des jardins ouvriers. Quand j'étais petite, j'y allais avec mon père. Souvent, autrefois, j'en parlais aux filles. Ça ne leur disait rien. «Ça vous fait rire, hein! les filles, je leur disais, jamais depuis j'ai mangé des salades pareilles! Et les carottes, les petits pois qu'il faisait lever, papa. — Toi?» Elles me charriaient. «Tu n'aimes que les trucs en boîte.» Forcément, quand on travaille. Ce qui peut y faire froid

sur cette sacrée dalle! Que des courants d'air!
L'école n'était pas loin non plus.

— L'école de vos enfants?

— Non, la mienne. C'est tout changé maintenant, le quartier, si bien qu'on ne se recon-
naît plus, on a l'impression d'avoir fait des
kilomètres! Moi, c'est toujours ce que je dis :
j'en ai vu du pays, sans bouger de ma place!

— Vous m'avez dit que vous n'aimiez pas
beaucoup les études?

— Si, au début, d'apprendre à lire, tout ça.
Mais quand j'ai avancé un peu, vers dix, onze
ans, ça n'a plus marché, je ne voulais plus y
aller. Il y a une chose que j'aimais bien parce
que l'institutrice qu'on avait, on disait la «maî-
tresse», elle racontait bien, c'était l'histoire. Ah
ça! les pyramides, la Grèce, tout ça, ah, vraiment ça me plaisait et aussi Henri IV, je me
souviens, la poule au pot! Je ne sais pas si on
leur apprend toujours ça aux enfants, maintenant.

— Toujours, enfin, j'imagine.

— En tout cas, mes gamins ils ne m'ont
jamais parlé de ça. Mais la géographie, ça, non,
je n'aimais pas tellement. Je ne dessinais pas
bien.

— Vous avez de bons souvenirs, en somme,
de l'école?

— Ni bons ni mauvais. Si, une fois, on nous
avait emmenées au théâtre.

— Voir quoi?

— Je ne saurais pas vous dire! Mais ça m'avait beaucoup plu, les lumières, ah, oui, ça m'avait plu! J'y suis jamais retournée depuis.

— Et quoi d'autre encore?

— Rien.

— C'est comment, la vie de tous les jours, à la Cité?

— Comme partout. Calme.

— Et il y a des endroits pour se réunir, pour se distraire, je ne sais pas, moi?

— Vous voulez dire, pour les jeunes? Pas grand-chose. Même rien. Alors, ils font des bêtises. Il y a un projet, j'ai entendu parler, pour utiliser des caves et leur faire un club de musique, de rock, mais je ne sais pas où ça en est. J'ai vu ça dans le journal, c'est tout ce que je sais.

— Vous lisez des journaux?

— Non, juste le journal, mais comme ça, pour se tenir au courant.

— Des événements, de la politique?

— Oh, pour ça, non, il y a la télévision! Et ça ne m'intéresse pas plus que ça. Non, les événements locaux, la petite histoire, quoi. Tiens, j'y repense, il y a même eu une affaire autour d'une maison pour les jeunes. Ils avaient racheté une belle maison, c'était celle du pro-priétaire des filatures, abandonnée, en mauvais état, et ils l'avaient arrangée pour les jeunes,

71

club, et un petit café. Eh bien, il y a eu le feu. C'est tout à refaire. Et maintenant, ils traînent sur leurs vélomoteurs.

— Vous dites les jeunes, mais il y a aussi les autres.

— Les retraités? Je ne m'en mêle pas. Je sais qu'il y a des voyages, l'année dernière ils sont allés en Thaïlande ou aux Cheysselles, je ne sais pas bien. Mais moi, ça ne me dit rien. Même quand j'aurai retrouvé mon Lucien, ça n'est pas pour nous, ça. On est trop indépendants. Et puis, y a des conditions, et ça n'est pas donné. Huit mille par personne, au moins.

— Vous parlez des jeunes et des retraités. Mais pour les autres?

— Les autres?

— Oui, ceux qui sont en âge de travailler. Ils disposent de quoi? Il y a un cinéma, une bibliothèque, quelque chose, quoi?

— Vous savez quand on travaille et quand en plus on a des enfants, je ne vois pas trop, et puis il y a tout de même la télévision. Évidemment, il y a les chômeurs.

— C'est important, la télévision? Ça a changé la vie par rapport à celle de vos parents?

— Énorme! Nous, chez mes parents, je ne l'ai jamais eue. Je crois qu'ils ont dû l'avoir seulement en 64 ou 65 à la mort de mon père.

Moi, dès que j'ai pu, j'en ai acheté une. En noir et blanc, à l'époque.

— Qu'est-ce que vous en pensez?

— Mais c'est un autre monde! On est au courant de tout, on n'est pas tenus à l'écart, je dis toujours, c'est un progrès, il n'y a pas à dire, c'est un progrès.

— Vous m'avez dit que vous regardiez surtout les jeux, les variétés...

— Il faut bien que je me change les idées, avec tout ce qui m'est arrivé. Le reste, je regarde moins, parce qu'il y a une chose que je leur reproche, ils n'expliquent pas assez. La géographie, tout ça, on ne comprend pas, tous ces pays nouveaux. Mais ça distrait. Ça change. Sans ça, on serait perdus. Qu'est-ce qu'on aurait, comme perspective? Sans argent, on n'est rien. Alors, on regarde la télé.

— J'ai l'impression que le cœur n'y est pas, aujourd'hui, que vous n'avez pas envie de parler, de répondre à mes questions.

— Non, mais je ne sais pas comment dire, je me demande à quoi ça sert, tout ça.

— On peut arrêter un moment?

— Je veux bien, oui.

— ... est-ce qu'on peut reprendre maintenant?

— Oui, si vous voulez.

— Sûr? Qu'est-ce qui s'est passé?

— Non, non, ça va, allons-y.

— Mais encore ?

— Parfois, je ne sais pas trop où on va....

— Moi non plus. Tout dépend de vous. De vos réponses.

— ... et puis à d'autres moments, j'ai l'impression qu'on va, qu'on va, je ne sais pas où... Qu'on va trop loin.

— Trop loin ? Je vous fais dire ce que vous ne voulez pas dire ?

— C'est arrivé.

— Quand ? À quel moment ?

— Non, je ne pourrais pas dire précisément, mais j'ai eu cette impression, souvent, que vous me faisiez dire... ce que vous voulez, vous.

— Je me contente de poser des questions.

— Je ne trouve pas.

— Ah bon ? Vous trouvez que je vous oriente trop ?

— Oui. On voit bien que vous avez une idée derrière la tête.

— Mais, non, je vous assure.

— Si, si, je le sens bien. Et moi, je n'aime pas qu'on me force, qu'on me fasse parler, qu'on me tire... comme on dit vulgairement, qu'on me tire les vers du nez.

— Si c'est l'impression que je vous fais, ça, je le regrette. Ce n'est pas du tout mon intention. Je cherche à comprendre. Mes questions n'ont pas d'autre but, comprendre.

— Vous savez! J'ai déjà tellement répondu, à tous ces gens! Le juge, l'avocat.

— Moi, je ne suis pas votre juge, ni celui de Lucien. Je ne suis pas votre avocat non plus.

— Oui. D'accord. Mais c'est quand même toujours vous qui posez les questions.

— C'était le principe, non? Mais vous pouvez m'en poser, vous aussi.

— Mais je n'en ai pas à vous poser.

— Les autres fois, vous avez joué le jeu. Aujourd'hui, non. Ce n'est pas un reproche.

— Je me suis demandé si je pouvais continuer. Si j'avais encore quelque chose à vous dire. J'ai l'impression que vous ne croyez pas ce que je vous dis. Comme le juge.

— Non, je me pose des questions à moi-même. Et puis aussi, les questions que je vous pose, c'est peut-être vous qui me les dictez. Ce sont vos propres questions que je me pose, et que je vous pose.

— Ça, ça n'est pas toujours vrai. Souvent, je ne me reconnais pas dans ce que je dis.

— Alors, que fait-on? On continue quand même?

— Oui, si vous voulez.

— Mais c'est si vous voulez, vous.

— Admettons que je veux bien. Mais ça n'est pas définitif, si je change d'avis...

— Si vous changez d'avis, eh bien, on arrêtera. Ça va comme ça?

75

— Et vous en ferez quoi, de ce que je vous dis ?

— Ce que vous voudrez, vous. On a dit qu'on en parlerait après. Qu'on déciderait ensemble, après.

QUATRIÈME ENTRETIEN :
LUCIEN

— ... finalement, vous ne parlez pas beaucoup de vous.

— Sans doute parce qu'il n'y a rien à en dire.

— Vous croyez? Moi, je ne trouve pas, au contraire. On a du mal à vous saisir, à voir qui vous êtes vraiment.

— Oh, je suis quelqu'un de très ordinaire, des gens comme moi, vous n'avez qu'à attendre à l'arrêt du car, vous en verrez treize à la douzaine.

— Quand même, à travers tout ce qui vous est arrivé, on a l'impression que ça ne vous a pas, comment dire ça...? Enfin vous avez tenu bon.

— Oh, vous savez, on ne dit pas tout! J'ai eu de mauvais moments. Mais nous, on est habitués. On n'est pas nés du bon côté.

— Quel côté? Vous le définiriez comment?

— C'est difficile à dire. Je n'y ai jamais pensé.

— Mais si on vous le demandait?

— On est des ouvriers. Des ouvriers. Point.

— Mais vous, vous n'avez pas travaillé en usine?

— Si, dès après l'école. Au total, presque dix ans. Puis j'ai dû arrêter. Licenciée.

— Pourquoi?

— Je n'avais pas de qualification.

— Vous avez travaillé où?

— Aux filatures, comme mon père. J'ai arrêté, puis j'ai repris un peu après la naissance du deuxième. Ici, à l'époque, il n'y avait pas d'autre choix. Quand l'usine a fermé, ça a fait beaucoup de mal par ici.

— À cause du chômage? En quelle année?

— En 66.

— Qu'est-ce que ça a changé?

— Oh! c'est énorme. Ce n'est pas seulement le chômage, ça n'est plus la même vie depuis. Parce que les mines, aussi, elles ont fermé, en 70.

— Pourquoi? On vivait mieux?

— Je ne dirais pas, mais on se sentait moins seul. Il y avait les copines d'atelier, et on se retrouvait, on rigolait, on buvait un coup ensemble, à la sortie. Déjà, c'était beaucoup moins bien que du temps de mon père. Pourtant, il ne gagnait pas grand-chose. Maintenant, il n'y a plus que l'argent. Et on se passe à côté, sans se voir. Et il y a trop d'injustices.

— Quelles injustices?

— Que certains en aient tellement, et que nous, on ait rien, juste de quoi rester dans notre petit coin et ne pas crever. Et encore.

— Vous auriez aimé une autre vie? Vous avez rêvé d'autre chose, quand vous étiez jeune fille?

— Vous savez, je n'ai pas tellement eu le temps, à dix-sept ans, je poussais déjà une petite voiture, et l'année d'après, j'en avais un autre.

— Vous n'auriez pas voulu avoir d'enfant si jeune?

— À seize ans, est-ce qu'on se rend compte? Mais non, les enfants, je n'ai jamais regretté, les femmes, c'est notre lot. Un peu plus tard, peut-être, et sûrement avec un autre.

— Vous l'aviez rencontré comment, votre premier mari?

— Il prenait pension chez ma grand-mère. Après la mort du grand-père, elle avait ouvert un petit café, et elle avait deux ou trois chambres, pour les gars jeunes, des célibataires, qui travaillaient par là. C'est comme ça que je l'ai rencontré.

— Vous vous êtes mariés tout de suite?

— Non, juste après le premier. Il a bien fallu. Je suis tombée enceinte. Je n'avais pas le choix.

— C'est une bonne chose, de se marier comme ça?

— Je vous dis, je n'avais pas le choix.

— Aujourd'hui, beaucoup de jeunes filles, de femmes, ne se croient pas obligées de se marier parce qu'elles attendent un enfant.

— Oh, c'est une façon de se marier qui en vaut bien une autre! S'il n'avait pas mal tourné, pourquoi pas celui-là? J'attendais mon premier, alors... Fille mère, ça n'aurait pas trop plu à mon père.

— Il s'est fâché quand il a vu que vous attendiez un enfant?

— Dame! Ça ne pouvait pas lui faire plaisir. Il a tiré sa ceinture et il m'a dit: «Tu vas me dire qui c'est», eccetera... Oh, ça a chauffé! Pourtant, il savait bien, on était tout le temps ensemble au bistrot de la grand-mère. «Je ne veux pas de fille mère dans la maison», eccetera, eccetera. À l'époque, c'était mal vu. Il y en avait pourtant. Mais en règle générale, on régularisait. Ma mère s'était mariée comme ça, déjà enceinte de mon frère aîné.

— C'était en quelle année?

— 51, enfin, fin 50.

— Ça vous préoccupait, vous y pensiez quand vous avez rencontré, comment s'appelait-il déjà, votre premier mari, je crois que vous me l'avez dit, l'autre jour?

— André. Non, on n'en parlait pas.

80

— Et ça vous inquiétait?

— Bien sûr, les filles, elles y pensent forcément, lorsqu'elles ont des rapports. Mais les hommes, en général, non.

— Vous trouvez ça juste?

— Juste, je ne dirais pas. Mais c'est naturel. Eux, ça n'a pas autant d'importance.

— Finalement si, puisque comme dans votre cas, souvent ça les oblige à se marier.

— Ben oui. Mais comment éviter ça? Comment? Vous me direz, le faire passer. J'y ai bien pensé, ça m'a fait peur. Et puis, je vous dis, j'aime bien les enfants, moi. Je trouve que c'est dans la nature des femmes, on n'a pas le choix, on est faites comme ça. C'est comme ça depuis, depuis... ç'a toujours été comme ça, hein, pour ma mère, ma grand-mère. Et puis on était si jeunes, on ne savait pas comment s'y prendre.

— Bien sûr. Il n'y avait pas la pilule.

— À l'époque, on ne connaissait pas. Et puis même après, ça ne m'a jamais rien dit, je crois que c'est pas bon pour la santé. Ça fait grossir, c'est pas bon pour le cancer... Non, après, je me suis débrouillée. C'est des secrets de femme. En tout cas, ça a marché. Marie-Paule, je l'ai voulue.

— Quand les filles sont devenues grandes, vous leur avez parlé de tout ça?

— Jamais. On ne parle pas de ça, chez nous.

Mais je sais que Maud l'a prise à douze ans, la pilule, j'ai trouvé la boîte.

— Mais comment c'est possible? Il faut l'autorisation des parents.

— J'ai toujours pensé que c'était par une copine.

— Pas par son père?

— Non, je ne vois pas Lucien donnant la pilule à sa fille.

— Pourquoi?

— Je ne sais pas, je ne le vois pas.

— Revenons à vous quand vous aviez quinze, seize ans. Vous vous voyiez comment, plus tard?

— Ça! Je ne pouvais pas imaginer, non, on m'aurait dit que j'aurais un mari en prison! Non, à quinze ans, j'étais mignonne, sans plus, je me trouvais déjà trop grosse, mais j'étais coquette, je prenais la vie du bon côté.

— Vous vous trouviez trop grosse?

— Oui, et ça ne s'est pas arrangé. Et puis aussi, tout, les jambes, non, je n'ai jamais été, faut dire ce qui est, ce qu'on appelle une beauté.

— C'est-à-dire?

— Oh, grande, avec des belles jambes. Ça, j'avais de beaux cheveux, Marie-Paule tient de moi, pour ça. Il ne faut pas trop juger sur maintenant. Les soucis, ça s'est porté là, hein, c'est classique.

— Vous étiez une jeune fille comment?

— Pas tellement causante. Vous, vous me faites parler, mais, de moi-même, je ne parle pas tellement.

— Ça vous ennuie?

— Non. Je m'habitue. Mais je peux vous le dire maintenant, j'ai failli craquer. Ça me rappelait trop le procès. J'en ai trop souffert.

. . . .

— Vous savez bien pourtant que je n'ai pas le même point de vue qu'eux.

— Oh ça! Sûrement, ce qu'ils cherchent, eux, c'est à vous coincer. Et après, allez donc dire que vous avez pas dit ça ou ça. Faut faire attention à tous ses mots. En règle générale, c'est ce que je dis : moins on en dit, mieux on se porte.

— Pas avec moi, tout de même.

— Non, avec vous, c'est autre chose.

— Alors, dites-moi encore comment vous étiez à quinze, seize ans.

— J'étais gaie. Je ne me faisais pas de souci. Je regardais du côté des garçons, mais pas trop.

— Pas trop?

— Non, je n'étais pas comme certaines, vraiment, on dirait qu'elles ne pensent qu'à ça. Et puis, à l'époque, on se tenait mieux.

— Vous trouvez?

— Ah, certainement! On n'aurait jamais été à s'embrasser comme ça, dans la rue et quand je dis s'embrasser. L'autre jour, à la sortie du LEP, j'en voyais... c'est pas possible! J'ai eu deux, trois bonnes années, à la sortie de l'école. J'ai quitté à quatorze ans, et c'était pas trop tôt.

— Pourquoi? Vous n'aimiez pas l'école?

— Oh non! J'ai même jamais eu mon certificat. Non, l'école, ça n'était pas pour moi, je me suis toujours demandé pourquoi on garde les gosses si longtemps, voyez maintenant, à seize ans! C'est bien trop tard. Moi, je sais lire, je sais compter, enfin, je ne compte pas trop mal, au café forcément, il faut compter de tête, et pour le reste, je n'ai pas besoin d'autre chose. Ça, par exemple, je fais des fautes. J'en ai toujours faites.

— Il y a sûrement quelque chose dont vous rêviez, à quinze ans, on est comme ça, non?

— Moi, je me voyais déjà une vie toute tracée. Le travail, les enfants. Une maison, si possible. J'en avais assez d'être serrée, en appartement, avec mes parents, mes trois frères, la grand-mère.

— Je croyais qu'elle tenait un café?

— Celle-là, c'était la mère de mon père. Je vous parle de l'autre. La mère de ma mère. Elle était paralysée. Et vous voyez, je ne l'ai toujours pas, la maison, et je ne l'aurais sûrement jamais. Non, la seule chose qui m'aurait vraiment fait envie, si vous y tenez, ça va vous paraître bête...

— Dites toujours.

— Non, c'est bête.

— Je ne sais pas, moi. Actrice ? J'y ai pensé, l'autre jour, quand vous m'avez raconté qu'on vous avait emmenée au théâtre et que ça vous avait tellement plu.

— Tant qu'à faire, j'aurais mieux aimé actrice de cinéma. Non, je ne vous dirai pas, c'est trop bête. Mais tout ça !... En fin de compte, j'ai rencontré mon premier mari, et voilà.

— On n'a pas l'impression que vous étiez très amoureuse de lui.

— Si, je l'étais, comme on est amoureux à seize ans, on ne connaît rien à la vie. Mais j'ai été déçue et ça m'a marquée.

— Avant de rencontrer Lucien, vous n'avez jamais songé à vous remarier ?

— D'abord, il aurait fallu pouvoir. Mon mari avait disparu. Je ne pouvais pas divorcer. Il a fallu que, finalement, il y ait une enquête, et qu'on puisse dire qu'il y avait abandon du domicile conjugal.

— Ça ne prend pas si longtemps, tout de même.

— Non, mais au début, j'avais toujours l'idée qu'il reviendrait.

— Vous l'attendiez? Vous espériez qu'il reviendrait? Donc vous étiez encore attachée à lui?

— Ah ça non! Ça avait tout cassé. Non, mais ça ne me plaisait pas d'avoir été lâchée comme ça. Puis je me suis fait une raison. Et il faut dire aussi que je m'étais un peu laissée aller. Des connaissances, j'en ai fait. Alors, je n'avais pas trop envie de le revoir. Mais ça ne durait jamais longtemps.

— Pourquoi?

— Je ne saurais pas vous dire. Ils étaient trop intéressés.

— Comment ça, intéressés?

— Oui, je gagnais ma vie. J'avais mon F4. Une femme qui gagne sa vie, ça attire toujours ceux qui ne sont pas bien courageux.

— Pourtant, avec deux fils à élever, vous ne deviez pas toujours être tellement à l'aise.

— Non, mais enfin, avec les allocations, l'indemnité de parent unique, ça allait. Alors, vous comprenez, il y a toujours un type pour en profiter. «Tiens, elle n'est pas mal, celle-là», je vous l'ai dit, je m'arrangeais, le coiffeur et tout ça, dans le commerce, il faut bien, «et puis, elle a un appartement». Je travaillais chez ceux qui avaient repris le café de ma grand-mère. Alors, un jour ou l'autre, le type, il s'installe chez vous. «T'as de la place et en ce moment, je ne trouve pas de travail.» Résultat, il traîne encore à midi à rien faire et quand je rentre, j'ai les courses, le ménage, non, ça ne va pas. Je ne vais pas m'échiner, hein, comme ça. Je me disais ça, et puis, je recommençais. C'est dur, pour une femme, d'être seule. Une autre fois, c'est avec les garçons que ça n'a pas été. Tiens, pour revenir à l'indemnité...

— L'indemnité ?

— Oui, à quoi j'avais droit parce que je les élevais seule. Finalement, je m'étais décidée à la demander, vu qu'il ne revenait pas. Eh bien, j'ai eu du mal à l'avoir, il fallait que je prouve que mon mari avait quitté le domicile conjugal. C'est alors que les assistantes sociales m'ont fait des embêtements. Comme quoi que je n'élevais pas bien mes fils. Oui, quand ils avaient dix, douze ans, j'étais jeune encore, hein, je n'avais pas la trentaine, je vous l'ai dit, j'aimais bien m'amuser. Alors, il y a eu des plaintes.

— Des plaintes ?

— Oui. Il s'est dit qu'une fois mon gamin n'avait pas pu rentrer parce que j'étais avec un type, enfin, un ami, c'est faux ! Je n'avais pas dû l'entendre sonner à la porte, alors il est parti.

— Parti ? Loin ?

— Il a fait une fugue. On est restés trois jours sans nouvelles.

— Et votre autre garçon ?

— À cette époque-là, j'avais été fatiguée, le plus jeune était chez ma mère.

— Ça s'est arrangé comment?

— On a voulu me les retirer, mais finalement, non, j'ai eu une mise à l'épreuve et j'ai repris le grand. À partir de là, ç'a été mieux. Et puis ils sont partis en apprentissage. Je me suis retrouvée pratiquement seule. Et je ne voulais plus d'homme à la maison.

— Vos fils n'habitaient plus avec vous?

— Le grand s'est engagé volontaire à seize ans, en 66, il a devancé l'appel. Et le deuxième est retourné chez ma mère, c'était plus près du centre d'apprentissage.

— Vous avez souffert de vous retrouver seule?

— Oui, beaucoup. Mes gamins me manquaient, forcément, bien que, à la fin, on se disputait beaucoup. Mais j'ai eu Marie-Paule, en 69. Avec le père, ça n'a pas été le grand amour, mais j'arrivais à trente-cinq ans, j'avais envie d'avoir un bébé. Une fille. Et c'est ce que j'ai eu. Quand le père est parti, j'ai dit «bon vent», c'était pas une grande perte. Et on a eu comme ça une bonne vie ensemble, avec la petite. Elle n'était pas très solide, mais on se plaisait bien toutes deux.

— Puis il y a eu Lucien.

— Oui, il y a eu Lucien. Ça, oui.

— Vous voulez bien qu'on parle de Lucien aujourd'hui ? Avant-hier, vous ne vouliez pas.

— Des fois, je suis trop mal, ça me remue trop de souvenirs.

— Vous vous êtes mariés quand ?

— Il y aura quinze ans bientôt. 81. En juillet. C'était notre dixième anniversaire de mariage quand ils l'ont emmené.

— C'est curieux, je vous l'ai déjà dit, je crois, en vous entendant, il semble que c'est ça le plus important, le jour où on a arrêté votre mari. Tout le reste, on dirait que ça compte moins. Que ça n'a pas autant d'importance.

— C'est vrai. Je ne peux pas oublier le moment où ils l'ont poussé dans le couloir.

— Poussé ? Pourquoi ? Il a résisté ?

— Vous ne résisteriez pas, vous, si on vous emmenait ?

— Vous m'avez dit que vous ne vous étiez pas mariés tout de suite, que vous aviez attendu. Pourquoi ?

— On avait le temps, on n'était pas pressés.

— Pourtant vous aviez déjà, quoi, quarante ans ?

— Largement. Mais je ne sais pas...

— Vous ne vous sentiez pas sûre ?

— Oh, si, je l'ai été tout de suite ! Je me suis tout de suite dit, celui-là...

— Celui-là?

— Celui-là, c'est du sérieux.

— Alors c'est lui qui n'était pas sûr?

— Je ne me posais pas la question. Si, j'avais bien l'impression qu'il me laisserait pas comme ça, mais je n'osais pas.

— Vous n'osiez pas quoi?

— Ben, ça n'est pas à une femme de faire la demande. On était ensemble, je veux dire qu'on avait une relation, mais pour ce qui est du mariage, il n'en parlait pas. Il passait très souvent au café, jamais à la même heure. Même en dehors de son travail. Il était toujours bien habillé, et tout ça. Il était représentant. Puis il a dû arrêter.

— Pour quelle raison?

— Ils en avaient trop, ou il ne faisait plus l'affaire. Ils préfèrent toujours ceux qui sont prêts à tout, pas exigeants. Lucien, il lui fallait autre chose... Et puis, il n'avait plus de voiture. On s'est tout de suite compris, et puis il y a eu les filles, la sortie de l'école, eccetera. Des fois, il me prenait la mienne quand je n'étais pas libre à cause du café.

— Quand vous dites que vous vous êtes très vite compris, vous voulez dire quoi exactement?

— Ç'a peut-être l'air gênant à dire, mais comme une femme et un homme qui

90

s'entendent bien, quoi, je n'ai pas besoin de vous faire un dessin. Ça s'est fait très vite.

— Vous n'aviez pas peur que ça recommence comme avec les autres, une aventure sans lendemain ?

— Non. Et puis même, ça m'aurait été égal.

— Et la décision de se marier, comment ça s'est fait ?

— Il s'était déjà installé chez moi, avec sa fille, je me souviens, quand ça s'est fait. C'était au printemps de 81, juste après la quinzaine commerciale, Maud était majorette et elle avait juste douze ans, ce jour-là. J'avais fait un gâteau, tout, quoi, et je me souviens que j'ai dit à table : « Ce que j'étais fière, l'autre jour, au SurGrand, on m'a dit : "Elle était mignonne votre grande fille à la parade de la quinzaine commerciale !" » Ça me revient exactement, j'ai même ajouté : « Tu n'es pas jalouse, hein, Marie-Paule ? » Il faut dire qu'elle était tellement mignonne, Maud, en majorette. J'en ai mal, là, quand je pense à ce qu'elle est devenue.

— Et alors ? Il vous a demandée en mariage ?

— Non, non, attendez, pas comme ça. J'ai bien vu que Lucien me regardait d'un drôle d'air. Il a dit : « Ah bon ? » Je me suis presque excusée : « Oh, mais je leur ai dit que non, que ce n'est pas ma fille, que c'est la fille de mon mari. » Et je suis devenue rouge, mais rouge !

Ça m'était venu comme ça. «Tu comprends, j'ai dit, ç'aurait été trop long à expliquer, et ça ne les regarde pas.» Alors, là, Lucien, j'oublierai jamais, c'est photographié là-dedans, il a mis sa main sur celle de Marie-Paule : «En tout cas, moi, je suis déjà ton papa et ça sera bientôt pour de vrai.» On s'est mariés en juillet. Pour fêter ça, les petites ont eu droit à un petit peu de chartreuse. La verte, pas la jaune, c'est moins fort.

— C'était si important, pour vous, que Marie-Paule ait enfin un père ?

— C'est ce que je me suis dit à ce moment-là. C'est à ça surtout que j'ai pensé. Mais maintenant ? Maintenant, je ne sais pas trop. Ce qui est arrivé, après, ç'a été trop dur. Ça n'aurait jamais dû arriver, c'est tout. Jamais. Il aurait encore mieux valu rester comme on était.

— Vous le pensez vraiment ? Lucien serait parti, si vous ne vous étiez pas mariés.

— Oui, sûrement. Il voulait se marier. Il avait été trop seul.

— Mais vous non plus, vous n'auriez pas été prête à renoncer à épouser Lucien ? Vous vous êtes parfois demandé ce qu'aurait été votre vie sans Lucien ?

— Sans Lucien, je n'aurais plus eu de vie du tout. C'est bien simple.

— Et vous étiez prête à en payer le prix ?

— Je ne sais pas, je ne vois pas ce que vous voulez dire.

— Mais si, je crois que vous le voyez très bien.

....

— Et vous avez tout de suite fait des projets ?

— Oh, des projets ! moi je n'en faisais guère, je n'étais pas habituée, mais lui, oui, c'est un rêveur. Je vois, nos voisins d'en face, aux Merles, des plus jeunes que nous, et ils n'ont pas d'enfants, tous les ans ils partaient quinze jours, trois semaines, en Bretagne, au pays Basque, moi, je n'y pensais même pas, je ne les enviais pas, je me voyais pas partir comme ça. « Comment ils font, hein, je me demande, je disais seulement. Lui, il était au chômage encore il y a six mois et elle, elle travaille au Grand U, alors. » Mais c'est eux qui ont donné à Lucien l'idée du camping-car, pas un vrai, à cette époque-là, ça coûte un paquet, mais d'aménager une fourgonnette d'occasion, avec couchette et butagaz et tout. « Et pourquoi pas un vrai ? il disait, Lucien. Mon petit cœur, un jour, c'est un vrai qu'on s'achètera, tu verras, quand j'aurai retrouvé du travail. »

— Racontez-moi votre mariage, vous ne m'avez presque rien dit.

— Oh, il n'y aurait eu que moi, on aurait fait ça simplement, vous pensez, à nos âges ! Mais lui, pas question.

— Vous avez invité beaucoup de monde ?

— Non, moi, juste Odette et mes patrons, mes anciens patrons, qui venaient de vendre, c'est pour ça que j'avais pris, à SurGrand. Point. Et ma mère. Mais les fils, pas question à l'époque, je ne savais même pas trop où ils étaient. Lui, Lucien, il s'était tellement déplacé qu'il n'avait pas beaucoup de connaissances ici, quelques relations, c'est tout.

— Quel genre de relations ?

— Des gens comme lui, qui avaient vécu à l'étranger, en Indochine, je vous ai dit, il en avait retrouvé ici. Ils étaient tout un petit groupe, ils se voyaient régulièrement. Depuis ils ne m'ont pas donné signe de vie. Mais on a fait un repas, un repas ! Rien ne manquait, ni les vins, poisson et gigot, la pièce montée, un vrai repas de noces, c'est le cas de le dire.

— C'était bon après toutes ces années plutôt difficiles ?

— À qui le dites-vous ? J'étais là, je trônais, avec mon Lucien à côté de moi et les petites, avec leurs petites robes pareilles. Ah ! Le roi n'était pas mon cousin ! Qui m'aurait dit que pour notre quinzième anniversaire, je serais là, à ne pas savoir que faire de ma carcasse. Vous ne voulez pas reprendre un peu de bénédictine ? Moi j'en reprends une goutte. Ça me fait du bien, ça me détend. Je m'étais acheté un beau tailleur, je l'ai toujours, mais je ne rentre plus dedans, et Lucien, avec son costume bleu et sa chemise blanche, ce qu'il faisait jeune.

— Vous avez des photos, de votre mariage ?

— Oui, mais je ne sais pas trop où elles sont.

— Ah, là au mur, quand même, c'est vous ! Et avec lui ! Ah, je le reconnais, il fait vraiment jeune, il a beaucoup d'allure.

— Je n'y faisais pas attention. Effectivement.

— Et elle date de quand, cette photo ?

— C'était pour notre troisième anniversaire de mariage. En 84, donc.

— Vous, vous avez l'air extrêmement souriant, heureux, même, et c'est joli, ce rose, il vous va bien. Mais lui, il ne sourit pas, il a l'air soucieux.

— Il ne sourit jamais sur les photos.

— Je ne voyais pas Lucien comme ça, je l'imaginais plus grand.

— Il n'est pas tellement grand, mais il est très costaud. Il s'entretient.

— Ah oui ?

— Oui, il fait de la gymastique. Dans son métier, c'est indispensable, on ne sait pas à qui on peut avoir affaire, la nuit.

— Il est très élégant, dites donc.

95

— Ah pour ça, toujours ! Une veste foncée, un beau pantalon en tergal... Toujours une cravate.

— Mais vous, le rose, ça vous va bien.

— C'est un pull en angora, c'est moi qui l'avais tricoté. Tenez, passez-la-moi donc. Eh bien, ce que je suis changée ! On ne dirait pas la même personne. Je m'arrangeais encore, à cette époque, les ongles et tout. Maintenant, je n'ai plus de goût à rien. Je me fais honte quand je me regarde dans la glace, avec les poches que j'ai sous les yeux.

— De sa vie passée, vous ne savez pas grand-chose, dans le fond. Il avait été marié ? Est-ce qu'il vous a jamais parlé de son premier mariage ? De sa femme ?

— Jamais.

— Il vivait avec elle quand vous vous êtes rencontrés ?

— Non, il était séparé.

— Il élevait sa fille seul, alors ?

— Elle était chez sa grand-mère. Il l'a reprise quand on s'est installés ensemble.

— Et de vous ? Vous lui avez dit quoi ?

— Que mon mari était décédé.

— Le premier ? Le légionnaire ?

— Non, le père de Marie-Paule.

— Vous ne vouliez pas dire que vous l'aviez eue hors mariage ?

— Non.

— Pourquoi ?

— Ça me gênait.

— Vous aviez peur qu'il se fasse une mauvaise opinion de vous ?

— Sans doute. Déjà que je n'étais plus toute jeune.

— Mais vous, qu'est-ce que vous en pensez ? Vous regrettez d'avoir eu toutes ces aventures, dans votre vie ?

— Je pense que ce n'est pas ma faute, que je n'ai pas eu de chance, mais je crois qu'une femme n'est pas faite pour ça. Qu'il lui faut plus de stabilité.

— Et ça, vous l'aviez trouvée avec Lucien ?

— Oui.

— Je vous rends la photo. Vous voulez que je la remette au mur ?

— Ça n'est pas la peine. Oh, et puis si tout de même, ça fait jaune sur la tapisserie.

CINQUIÈME ENTRETIEN :
LES FILLES

— ... et à partir de là, ç'a été fini, on n'a plus jamais été comme avant. C'est clair.

— Il y a une chose qui me paraît claire, à moi, c'est votre façon de rejeter vos filles, aujourd'hui. Vous me permettez d'être franche ? Je crois que je le peux, nous avons suffisamment parlé ensemble.

— Bien sûr.

— Tout de même, vous le savez bien, ce qui pèse sur Lucien, c'est terriblement grave, je ne sais pas, ça paraît monstrueux de le nier ! Et à vous écouter, on finirait presque par l'oublier.

— Il y a quelque chose qui n'a pas marché. C'est ce qui explique tout.

— Qu'est-ce qui n'a pas marché ?

— C'est ma faute.

— Entre Lucien et vous ?

— Oui. Enfin, oui et non.

— Vous ne vous êtes pas entendus aussi bien que vous l'aviez pensé, tout au début ?

— Non, ce n'est pas ça, on ne s'est jamais

99

disputés, pas un mot de trop, pas un geste. Ce n'est pas comme avec mon premier. Celui-là ! Il n'était pas en reste de me balancer une gifle, sans me demander ni quoi ni qu'est-ce.

— Il vous frappait ?

— Oh non, frapper, je ne dirais pas. Disons qu'on s'empoignait souvent et que, dans ces cas-là, un mouvement plus haut que l'autre, c'est vite arrivé. Remarquez, je ne me gênais pas pour lui rendre. C'est ce que je dis toujours, on n'a qu'à leur rendre.

— Ce n'est pas toujours possible, un homme est souvent plus fort qu'une femme.

— Quand même, il ne faut pas se laisser faire.

— Je ne vous voyais pas comme ça. Mais si on revenait à Lucien. Donc, il y a quelque chose qui n'a pas marché ?

— Oui, je vous dis, et c'est de ma faute.

— Alors c'était sur le plan affectif, amoureux ?

— Non, ça je ne peux pas dire, sur ce plan-là, je n'ai pas de honte à en parler, on a toujours été d'accord, jusqu'à ce qu'il s'en aille, il a toujours été... Oui, au lit, il faut dire les choses carrément, on s'est toujours bien entendus.

— Mais alors ? Je vois bien que quelque chose vous gêne.

100

— Ce n'est pas que ça me gêne, mais je ne sais pas comment expliquer.

— Dites toujours.

— C'est les filles. Au fond, j'étais fatiguée de tout ça. Les enfants, la vie de famille. Déjà, mes fils. Le deuxième, celui qui était resté chez ma mère, pour faire son apprentissage, ça n'a pas marché. D'abord, il avait voulu faire mécanicien auto, mais il ne s'est pas entendu avec son patron, alors il a travaillé chez un marchand de vélos et de mobylettes. Mais là non plus, ça n'a pas été longtemps, il s'absentait, le patron venait se plaindre à moi, mais qu'est-ce que je pouvais y faire ? Il avait dix-huit, dix-neuf ans, et quand Marie-Paule est née, moi, j'avais assez de soucis comme ça, elle m'a fait de l'acétone, on ne pouvait presque rien lui faire manger. J'ai dû rembourser pas mal pour les bêtises de mon second.

— Des bêtises graves ? C'était grave ?

— Il avait plus ou moins revendu des pièces détachées, enfin toujours est-il que tant qu'il était mineur, c'était moi la responsable. C'est pour ça que j'ai fait des ménages, en plus de servir au café.

— Et le grand ?

— Je ne le voyais plus du tout. Même pour mon mariage, je vous ai dit, je ne les ai pas invités.

— Pourtant, tout au début, vous m'avez dit qu'il y avait eu quelque chose avec Maud?

— C'était bien après. On s'était revus. Il venait déjeuner de temps en temps, le dimanche, avec sa femme. Mais pas toutes les semaines. On s'était revus après la mort de ma mère.

— Et c'est là que Maud, dites-vous...

— Oui, j'ai bien vu qu'elle lui tournait autour. Et ça ne m'a pas plu. Elle en voulait trop, celle-là.

— Elle s'est toujours bien entendue avec son père?

— Moi, ce que j'aurais voulu, c'est qu'on ait une petite vie tranquille avec Lucien. Comme il me racontait, en Algérie. Le soleil, le calme, pas s'en faire, un pastis ou un bon petit verre de vin, le soir on s'arrête de travailler pas trop tard et la vie passe, comme ça.

— En Algérie? Mais vous m'aviez seulement dit qu'il avait été en Indochine!

— Oui, mais ça, c'était après. Je ne vous l'avais pas dit? Ah bon, ça m'est sorti de la tête.

— Il était donc toujours militaire? C'était donc un militaire de carrière? Vous m'aviez bien dit pourtant que c'était son service militaire, en Indochine!

— Oui, au début, mais à la fin, il avait rempilé.

— Je vous avoue que je n'avais rien voulu

102

dire, mais ça m'avait un peu étonnée. En Indochine, je savais bien que c'étaient des volontaires. Et après, naturellement, il a fait la guerre d'Algérie.

— Non, après ce que je vous ai raconté, cette affaire de trafic, là, il n'y était pour rien, mais toujours est-il qu'il n'avait pas pu rester à l'armée. Il voyageait, comme représentant, pour une marque d'apéritif. C'est comme ça que je l'ai connu, au café. Il venait comme représentant, je vous l'ai dit.

— Oui, c'est vrai.

— Dès qu'on a été ensemble, il a voulu qu'on sorte en famille, qu'on ait toujours les filles entre nous... enfin, avec nous. Et moi, ce n'est pas de ça que j'aurais voulu.

— Vous vous êtes reprise. Vous aviez dit «entre nous». Vous auriez voulu être seule avec lui?

— Oui, je n'avais jamais eu ça. Deux gamins tout de suite, puis après, des hommes, ça oui, mais qui ne durent pas. Et puis ma fille, seule à l'élever. Alors quand j'ai rencontré Lucien, j'aurais bien voulu qu'on ait du temps à nous.

— Et vous n'en aviez pas?

— Non, pas tellement. D'abord ça a été. Il n'était plus représentant, il restait à la maison, ou il faisait son petit tour, et quand je revenais de SurGrand, on se voyait tranquillement. Dans la journée ou le soir, ça dépendait de mon roulement.

— Jusqu'à vingt-trois heures parfois, vous m'avez dit? Mais ça n'est pas ouvert jusqu'à vingt-trois heures?

— J'étais aussi du nettoyage, et ça se fait tard, après la fermeture. Le mercredi et le samedi, on ferme à vingt et une heures. Des fois, il préparait le repas. Ça me changeait! Me mettre les pieds sous la table, et toujours quelque chose de gentil, des fleurs, une bonne bouteille de vin. «Paella ce soir! il disait. En attendant qu'on aille en Espagne.» Et on reprenait en chœur: «Avec le camping-car!» Oui, c'était le bon temps.

— Le fameux camping-car! Vous n'aviez jamais connu ça.

— Vous pensez! J'avais travaillé dès quatorze ans en atelier et tout de suite après, mes gamins, et toujours courir, le boulot, l'école, les courses. Souvent, je ne vous dis pas! Arriver à sept, huit heures, rien de prêt, les enfants qui demandent. Des fois, je m'asseyais, je n'en pouvais plus, je pleurais, je pleurais... J'ai eu quelques bonnes années, je ne dis pas, avant la naissance de Marie-Paule. J'étais plus tranquille, mais ça n'allait pas avec les hommes que j'ai connus. Je vous l'ai dit, ah! ça n'est pas eux qui auraient mis le couvert, même. Enfin, ils ne demeuraient pas là longtemps. Avec la petite, oui, c'était plus calme, mais c'était toujours autre chose que ce que j'aurais voulu vraiment.

— C'est quoi, ce que vous voulez vraiment ?

— Une bonne petite vie avec mon mari rien que pour moi.

— Et ça, vous ne l'avez pas eu avec Lucien ?

— En un sens, oui, au début, je vous l'ai dit. Mais on n'était pas seuls, toujours les filles, jamais le tête-à-tête.

— C'est une idée de jeune fille, non, une idée romantique ? Le grand amour et rien d'autre ?

— Peut-être bien, c'est ça. Le grand amour et rien d'autre ! Naturellement, je sais bien que ça n'est pas possible, que ça n'arrive jamais, la preuve. Alors, on sortait avcc les filles, leurs devoirs par-ci, et les emmener à la piscine par-là. Moi, j'étais fatiguée.

— Votre travail était fatigant ?

— Non, on ne peut pas dire. Petit à petit, j'ai abandonné le 17-23 quand il a retrouvé du travail. Et bientôt, j'ai fait seulement 9-17, en fait 18 h 30, à cause de la pause-repas. Moi, je m'en passerais bien, j'essaie de faire régime.

— Pourtant, le jour où on est venu chercher Lucien, vous m'avez dit que c'était votre amie Odette qui faisait le 9-17, pas vous ?

— On s'arrangeait, avec Odette. Le directeur, il n'avait rien à voir là-dedans.

— Au fait, j'y pense, vous ne m'en parlez jamais, de votre amie Odette?

— Elle est morte. D'un cancer. Ça n'a pas traîné. Opérée en décembre, en avril elle était morte. Six mois. Ah, on peut dire qu'elle m'a manqué. Heureusement, en un sens, qu'elle n'a pas vu tout ça, le procès, toutes ces saletés! Déjà, ça lui avait fait un coup de me voir toute seule, sans Lucien. Elle n'aurait pas compris ce qui se passait.

— Vous avez essayé de lui dire, de lui expliquer?

— Non, c'était impossible. Il aurait fallu connaître les choses de l'intérieur, de l'intérieur de notre famille. Et ça, personne ne le peut.

— Donc, vous me disiez que vous étiez fatiguée.

— Oui, tout le temps. Pourtant, ça n'était pas tellement mon travail ct quand on s'est installés ensemble, jc vous l'ai dit, il m'aidait beaucoup. Mais c'est surtout quand il a recommencé à travailler.

— Juste après votre mariage? Ou avant? Quand vous vous êtes installés ensemble?

— Ça faisait trois ans, bientôt quatre, et il ne trouvait toujours rien. Ça finissait par le gêner, de vivre à mes crochets, avec un enfant en plus. Alors, il a fini par trouver. Oui, comme veilleur de nuit, je crois que je vous l'ai dit, ils prennent facilement les anciens militaires, ils ne regardent pas trop au détail.

— Et ça a changé beaucoup de choses dans votre vie ?

— Tout. On ne se voyait plus. Je partais quand il revenait le matin, et quand je rentrais le soir, je vous dis à six heures, six heures et demie, il fallait qu'il parte. Déjà qu'il n'y en avait que pour les filles.

— Vous en parlez comme si vous aviez été jalouse d'elles.

— Non, jalouse, je ne dirais pas. Mais, elles, elles...

— Prenaient trop de place ?

— Je les aimais bien, surtout ma fille, naturellement, mais en un sens, oui.

— Pourtant, ce sont les filles, vous me l'avez dit, qui vous ont rapprochés.

— C'est certain. On s'en est parlé tout de suite, on a trouvé que c'était une coïncidence qu'elles aient seulement quelques mois de différence.

— Et vous le lui avez dit, à Lucien, ce qui n'allait pas ?

— J'ai essayé.

— Qu'est-ce que vous lui avez dit ?

— Mais je n'osais pas trop, il ne s'apercevait pas, il était content comme on était. Il me disait : « Mais regarde, on est ensemble le dimanche, et un autre jour par semaine, tout entier.» Vous voyez, il ne comprenait pas. Alors, j'ai fait de la dépression, j'ai été soignée. Pour mes nerfs.

— Ça s'est arrangé?

— Plus ou moins. Les nerfs, une fois que c'est commencé, hein, difficile de revenir en arrière. Alors, c'est vrai, j'ai changé de caractère.

— Que voulez-vous dire?

— Je dois le reconnaître, il m'est arrivé que je lui en voulais un peu.

— Et cela se manifestait comment? Vous faisiez la tête?

— Oui, mais surtout, j'ai commencé.

— À boire?

— Oui.

— Beaucoup?

— Pas mal, oui. Et lui, quand il voyait ça, quand il voyait que je n'étais pas bien, par exemple le samedi après-midi ou le dimanche, il sortait avec les filles, il les emmenait faire un tour. Quand je les voyais s'en aller, je me disais qu'ils seraient beaucoup mieux sans moi.

— Lucien?

— Non, eux, tous ensemble. J'étais de trop.

— Ce n'est pas tout à fait vrai, tout de même, vous m'avez dit que Lucien et vous, vous étiez toujours très amoureux.

— Oui, mais quand? On n'avait pas plus d'une nuit ou deux, même seulement pour dormir ensemble. Les enfants, ça rapproche. Mais après... Il s'est replié sur la vie de famille, les filles. C'est ma faute, aussi. J'en demandais trop. Oh! Je sais ce que vous allez dire.

— Je ne dis rien.

— Et vous ne serez pas la seule. Quand Maud a été élue demoiselle d'honneur, il y a eu une photo dans le journal et après, on s'en est servi.

— Demoiselle d'honneur?

— Oui, au concours de la Miss Région-Nord-Pas-de-Calais, ils ont fait une photo. Je vais vous la montrer, vous verrez s'il y avait de quoi fouetter un chat. Non, non, je vais la chercher maintenant, comme ça, je vais toutes les retrouver. Ah, c'est bien ce que je pensais, elles sont avec ça. Tenez, regardez.

— C'est coupé.

— Oui, il y avait moi et d'autres gens, je n'ai gardé qu'eux. Il n'avait pas voulu faire des jaloux, alors Marie-Paule est avec eux.

— Effectivement, je ne vois pas grand-chose à redire, un père qui tient ses filles par le cou et qui embrasse la plus grande.

— C'est Marie-Paule. Ça a fait des histoires, cette photo! On l'a utilisée au procès.

— Au procès?

— Oui, comme quoi on aurait remarqué que même en société il ne se tenait pas bien avec les filles!

— Et elles, elles s'entendaient bien?

— Oh oui! Au début, très bien. Au début, c'était comme si j'avais eu deux filles, elles étaient mignonnes, ensemble. Il n'habitait pas encore chez moi, mais on avait l'habitude de manger ensemble le dimanche. Je me souviens d'une réflexion de ma fille : «On croit qu'on est des jumelles», a dit Marie-Paule. Et je lui ai fait après, quand ils sont partis : «Tu es contente d'avoir une sœur? — Oh oui, qu'elle m'a fait, oh oui!» Mais dans le fond, je n'y croyais pas.

— Comment cela? Vous n'y croyiez pas?

— Non, c'était trop tard. Je vous ai dit. Je voulais la paix, le calme.

— Et Lucien pour vous toute seule.

— Oui. C'est moi pourtant qui lui avais dit un jour, mais je ne pensais pas au mariage : «Pourquoi tu viendrais pas habiter chez nous avec elle, il y a bien de la place?»

— Votre appartement est grand? Je n'ai pas tout vu.

— Ah, venez voir si vous voulez, oui, c'est un F4. Ça ne me dérange pas, mais ces jours-ci je n'étais pas trop bien, alors il ne faudra pas trop regarder au ménage.

— Non, non, je vous en prie. Donc, il y a de la place.

— C'est un F4. Normalement, je n'y avais pas droit, avec seulement ma fille, et puis j'avais souvent des retards de loyer. Et plusieurs fois à la direction des HLM, ils m'avaient dit qu'on me trouverait autre chose.

— En un sens, cela arrangeait les choses que Lucien vienne vivre avec vous.

— En un sens, certainement, mais je n'y ai pas vraiment pensé sur le moment. Je m'étais aussi attachée à la petite. C'était une gentille petite, toujours souriante, et facile, pas un caractère comme Marie-Paule.

— Elle est difficile, Marie-Paule ?

— Il lui a manqué un père. Mais ma fille n'a pas tellement bien supporté, quand j'étais là à faire des compliments à Maud. En plus, Maud, elle travaillait bien à l'école, alors que Marie-Paule, je vous l'ai dit, elle est comme moi, elle n'aime pas apprendre.

— Vous avez d'autres photos de cette époque-là ?

— Oh, oui, sûrement, il faudra que je cherche, je ne sais pas trop où y sont. Regardez là-dedans. Moi, l'école, je sais bien qu'aujourd'hui il faut des diplômes, mais qu'est-ce que vous voulez ? Quand on ne peut pas, on ne peut pas. «Je m'en suis bien tirée sans», je dis toujours. «Tu as tort, il me disait Lucien, tu as tort, aujourd'hui, il faut des diplômes.» Lui, il avait dû arrêter très tôt, son père était mort, et il en a toujours souffert. Il aurait aimé. Il aurait aimé continuer. Pour de la tête, il en

a. Alors Lucien s'est occupé de Marie-Paule, et il vérifiait ses devoirs, eccetera.

— En somme, il était un très bon père, pour elle ?

— Oh, très bon !

— Je comprends de moins en moins alors ce qui s'est passé. Vous n'avez rien remarqué, jamais ?

— Je n'étais jamais là. Tiens, les photos, si vous voulez voir. Non, pas celles-là, celles-là ce sont des photos de moi. Non, ça n'a rien à voir.

— Je peux tout de même ?

— Ah ! ça, c'est ma mère.

— Elle a un beau visage, mais elle a l'air assez... assez autoritaire.

— Elle était dure, ma mère, jusqu'à la fin.

— Et celle-là ?

— C'est la communion de mon jeune frère.

— Vous êtes dans un jardin, on dirait ?

— Oh, c'est juste pour la photo. Non, je ne retrouve pas celles avec Lucien et les filles, y doivent être encore dans une autre boîte. Non, celles-là, ce n'est pas intéressant.

— Attendez, attendez, j'aime bien regarder. C'est vous, petite ?

— Oui

— En effet, vous en aviez, de beaux cheveux !

— Oui, ils me descendaient jusque-là.

— Et les deux petites, là ? Qui est-ce ?

— Cette photo-là?

— Oui.

— Ah! je ne savais pas qu'elle était avec.

— Qui est-ce?

— Moi et ma sœur.

— Votre sœur?

— Ma petite sœur.

— Mais vous ne m'aviez jamais parlé d'elle, je croyais que vous n'aviez que des frères.

— Elle est morte à six ans, dans un accident.

— Vous lui étiez très attachée?

— Très.

— Qu'est-ce qui est arrivé?

— Dans un accident, je vous dis.

— Vous n'avez pas envie d'en parler?

— On jouait au bord de l'eau et elle s'est noyée.

— Vous aviez quel âge?

— Onze ans. Je suis retournée à la maison en la laissant toute seule, et quand je suis revenue... je ne peux pas... ça me fait trop de peine, c'est comme si c'était hier... ma mère... C'était sa dernière, elle avait beaucoup souffert pour l'avoir, et elle ne m'a jamais pardonné. À partir de là, tout lui était dû, j'étais toujours en faute. Après, quand j'ai eu des enfants, pour elle, je ne pouvais pas être une bonne mère, je n'avais pas de tête, eccetera. J'étais toujours en faute.

— Est-ce qu'elle a connu Lucien?

— Peu de temps.

— Mais vous la voyiez toujours?

— Ah oui, toujours! Je peux le dire, j'ai été aux petits soins pour elle, mais ça ne servait à rien.

— Qu'est-ce qu'elle pensait de Lucien?

— C'était son dieu. Et Lucien par-ci, et Lucien par-là.

— En un sens votre mariage, ce mariage-là, aurait dû arranger vos rapports avec votre mère...

— Pas tellement.

— Pourquoi?

— Elle ne perdait pas une occasion de faire sentir qu'il était trop bien pour moi. Et même de le dire carrément. «Ma pauvre fille, c'est à se demander ce qu'il te trouve.» Ou bien : «Qu'est-ce qu'il fait avec toi?»

— C'est charmant! Et ça ne vous a pas donné envie de vous fâcher avec votre mère?

— Non, je n'en pensais pas moins, mais je ravalais. Une mère, c'est toujours une mère. Et puis...

— Vous pensiez un peu qu'elle avait raison?

— En un sens, oui.

— Je vois bien que vous vous rabaissez tout le temps, que vous n'avez pas confiance en

114

vous. Vous ne vous dites jamais que vous lui avez apporté beaucoup, à Lucien?

— Si, des fois.

— Et alors?

— C'est normal, c'est le rôle d'une femme.

— Et vous ne vous dites jamais que, lui, il a quand même trahi votre confiance?

— Non, pas vraiment. C'est un drame, on n'a pas eu de chance, voilà tout.

— Un drame, certainement. Mais vous en parlez comme d'un accident, de quelque chose à quoi on ne peut rien.

— C'est vrai, c'est ce que je sens.

— S'attaquer, comme cela, à des jeunes filles, à ses filles, vous en êtes bien consciente, c'est un crime.

— D'abord, pour Maud, il n'y a rien de sûr.

— Comment ça?

— Non, au procès, «il y aurait eu tentative», voilà ce qui a été dit. C'est en tout cas ce qu'a dit son avocat. On a rien de sûr pour aller plus loin.

— Vous ne m'avez pas exactement dit ça, le premier jour, vous m'avez dit...

— ... qu'il était accusé pour viol, oui, mais pour moi, c'est seulement accusé... Vous savez, c'est difficile à prouver, hein? Maud, elle a eu des petits copains très tôt. Alors, qu'elle vienne après faire la sainte-nitouche.

— Vous voulez dire qu'elle n'était plus

vierge, qu'elle avait connu des garçons? Ça change quoi, à vos yeux?

— Oui, et pas qu'un.

— Et vous trouvez que ça excuse Lucien?

— Non, je ne dis pas ça. Mais regardez comment elle a agi avec mon fils aîné. Alors...

— En somme, c'est elle qui se serait conduite de façon plus ou moins normale, comment dire, avec son propre père? On a du mal à vous croire.

— C'est pourtant vrai. Elle est toujours à traîner à moitié réveillée le matin. Pour moi, il ne pensait pas à mal. Il a toujours été très affectueux avec ses filles, il ne les voyait pas grandir. À douze ans, elles venaient encore s'asseoir sur ses genoux. Et comme Maud, elle aime bien se faire valoir, raconter des histoires, pour moi, elle aura été raconter tout ça, à des copines, et ça sera revenu aux oreilles des gens. Et puis, je vous l'ai dit, il y avait son professeur, cette Mme Esposito.

— Quant à Marie-Paule, là, on ne peut pas nier, les faits sont là...

— Oui. Là, il y a eu une faute, c'est certain. Mais il a payé.

— Ça s'est passé quand?

— Ça a commencé quand elle a été malade.

— Elle avait quel âge?

— Treize ans. Quatorze ans. Elle a fait du rhumatisme articulaire. Elle n'est pas allée à

116

l'école pendant pratiquement toute l'année scolaire, et je me demande comment j'aurais fait s'il n'y avait pas eu Lucien, j'aurais dû la mettre en hôpital. Il ne dormait plus, il était vraiment au bout du rouleau.

— Mais tout de même, il a profité de la situation, de votre absence, pour avoir des rapports sexuels avec elle, une enfant de quatorze ans! Il l'a violée! Comment appeler ça autrement?

— Je ne nie pas. Ils ont eu des rapports. Je ne nie pas.

— Et quelle excuse vous lui trouvez? C'est votre fille, quand même! Vous vous êtes aperçue de ce qui se passait?

— Oui, je m'en suis aperçue, si on veut... Forcément. Mais pas tout de suite, tout de suite.

— Parce que ça a duré longtemps?

— Trois ans. Enfin, plus ou moins. Disons que ça s'est reproduit plusieurs fois.

— Et pendant ces trois ans, vous n'avez rien su?

— En tout cas, pas tout de suite, pas immédiatement.

— Mais vous étiez très proche de votre fille, pourtant?

— Oui.

— Et à Maud, elle n'a rien dit? Elles étaient tout le temps ensemble, à l'école, au collège?

— Non, quand Marie-Paule a été malade, en cinquième, elle aurait dû redoubler, alors on l'a changée de collège. On l'a mise dans le privé. Ils s'occupent mieux des enfants. Elle avait pris déjà du retard, alors elle a dû finalement redoubler en quatrième.

— Elle était toujours la même? Elle n'avait pas changé?

— Pas tellement, si on veut aller par là. Elle avait ses crises de larmes. Elle est très nerveuse.

— Et ça vous a alertée?

— Pas plus que ça.

— Nerveuse, nerveuse, pourtant, ça n'explique pas tout. Mais vous m'avez dit que vous les aviez entendues se parler de ça, un jour que vous étiez revenue à l'improviste. C'est comme ça que vous avez tout appris?

— Non. Ça, c'est bien plus tard, c'est bien après! L'cnquête avait déjà commencé. Maud voulait qu'elle parle, voulait lui faire dire des choses contre son père, des accusations, et Marie-Paule ne voulait pas, elle se fâchait. À ce moment-là, je savais déjà tout.

— Ah bon? Un jour, comme ça, brutalement, vous avez accepté de voir la vérité?

— Non.

— Mais comment alors?

— Par Lucien. Un jour, il a craqué, il m'a tout dit, pour Marie-Paule.

— Et vous avez réagi comment?

— J'ai pleuré. Je ne voulais plus rien entendre, je ne voulais plus voir personne.

— Vraiment, vous ne vous doutiez de rien?

— Si, mais je ne voulais pas le croire. Et puis, Marie-Paule allait mieux, elle n'avait plus de crises. Elle était bizarre seulement, par moments, mais elle l'a toujours été, forcément, elle a été souvent malade. Mais quand il m'a parlé, ç'a été un effondrement.

— Il y avait combien de temps que ça durait?

— Je ne sais pas. Trois ans, je vous ai dit.

— Comment vous expliquez que Lucien se soit décidé à vous parler?

— Il ne m'a pas vraiment dit exactement. Il m'a plutôt expliqué comme quoi il avait des embêtements. Je le voyais bien d'ailleurs, il ne dormait plus, il était très nerveux, il fumait plus d'un paquet par jour.

— Quels embêtements?

— Que je ne devais pas croire des bruits qui couraient eccetera, qu'on lui voulait du mal, qu'on essayait de nous brouiller ensemble.

— Et rien de plus précis?

— Non.

— Et vous avez pensé qu'il s'agissait de ça?

— Plus ou moins. Mais je connais aussi les gens, c'est tellement malveillant!

— Et un jour, il s'est décidé à tout vous dire. Comment avez-vous interprété cela?

119

— Il ne pouvait plus garder ça pour lui, il se sentait trop seul, il étouffait.

— Est-ce que Marie-Paule, enfin, malgré ce que vous dites, ne se serait pas décidée à en parler à sa sœur ? Je peux dire sa sœur, c'est ce qu'elles étaient finalement. Ça expliquerait tout. Il aurait alors pris peur. Oui, c'est très plausible. Qu'elle ne vous ait rien dit à vous, bon, on peut comprendre. Mais tout garder pour elle... C'est terriblement lourd, un pareil secret.

— Non, ce n'est pas ça. Je suis sûre que Marie-Paule n'a jamais parlé à sa sœur. Non, c'est quand Maud lui a parlé, quand Maud a commencé à répandre partout le bruit que son père avait, enfin... n'avait pas été correct avec elle, alors là... C'est là que Marie-Paule est retombée malade, non seulement les crises de larmes, mais des étouffements, comme avant. Ça n'allait plus du tout à la maison. Tout d'un coup, elles ne se sont plus entendues, et Maud a souvent demandé à dormir chez une copine à elle. Je voyais bien que ça n'allait plus entre les filles. Elles ne s'adressaient plus la parole. Mais je ne cherchais pas plus loin.

— Comment vous expliquez ça ?

— Maud voulait lui forcer la main.

— Qu'est-ce que Lucien vous a dit, exactement ?

— Il avait peur qu'elle aille en parler par-

120

tout, qu'elle aille raconter qu'il s'était passé quelque chose avec Marie-Paule. Il ne supportait pas l'idée qu'il allait être arrêté, jugé, si ça se savait.

— Il s'y attendait?

— Plus ou moins.

— Et de sa fille, de ses rapports avec sa fille, il vous en a parlé?

— Avec elle, les choses ne sont pas allées aussi loin. Pas jusqu'au bout, en tout cas.

— C'est lui qui vous l'a dit?

— Oui.

— Et vous l'avez cru?

— Oui.

— Comment se fait-il que vous l'ayez cru?

— Il était déjà assez malheureux comme ça. C'est ce qu'ils ont expliqué, pendant le procès, c'est un homme finalement très fragile. Quand on est venu l'arrêter, j'ai eu peur.

— Peur de quoi?

— Qu'il se fasse du mal. D'ailleurs, ils y ont pensé. Je les entendus, enfin, je l'ai entendu qui disait : «N'ayez pas peur, je ne vais pas me foutre par la fenêtre.»

— Il en aurait été capable?

— Oui. Il ne supportait pas tous ces ragots.

— Il aurait dû y penser avant, vous ne trouvez pas? C'était un peu tard. C'est commode, dans le fond.

— Il ne faut pas lui en mettre trop sur le

121

dos. On est tous pareils, hein, on n'est pas par-
faits. On fait tous des bêtises, à un moment ou
à un autre.

— Plus ou moins graves, tout de même.

— Je ne dis pas.

— Mais Marie-Paule ? Pendant toutes ces
années, Marie-Paule n'a rien laissé voir ?

— Non.

— Comment était-elle en général, avec lui ?

— Normale. Très petite fille, et toujours à
lui demander ci, à lui demander ça. Maud était
bien plus indépendante.

— Ce qui l'a bouleversée, alors, ce serait
que Maud lui parle ?

— Oui, elle n'a pas supporté les accusations
de Maud au sujet de son père. Elle lui était
attachée, à Lucien. Il n'y aurait pas eu Maud...

— Comment ça ?

— Il n'y aurait pas eu Maud, ça n'aurait pas
eu lieu tout ça.

— Tout de même, votre fille, une épreuve
pareille, vous croyez qu'on peut l'oublier,
comme ça ? Et que votre mari aurait pu s'en
tirer sans dommages, garder toutes les appa-
rences d'un bon père...

— Je sais bien, mais c'est un bon père, je
ne sors pas de là. Et il était déjà suffisamment
puni en voyant notre famille se défaire. Je vous
l'ai dit, c'était son idéal, une vie normale.

— Oui, mais c'est lui qui l'a défaite, cette vie.

— Si je n'avais pas déjà commencé. Je vous l'ai dit, je me suis trop repliée, trop fixée sur lui, et finalement, je l'ai laissé tout seul. Au fond, hein, je regrette pour ma fille, c'est sûr, c'est une drôle de façon de commencer sa vie, je ne dis pas. Mais il a fallu que Maud nous fasse tout ce mal. Pourtant, même elle, elle l'aimait son père ! Il faut voir la tête qu'elle a faite quand on est venu le chercher, Maud, toute pâle et les lèvres blanches, blanches, à croire qu'elle allait s'évanouir. «Il est où, Lucien ?» Mais quand même, c'est sa faute. S'il n'y avait pas eu Maud, eh bien, ça se serait tassé. Déjà, il n'y avait plus rien. Et on aurait eu une bonne vie, comme avant.

5 octobre 1995

SIXIÈME ENTRETIEN :
RÉVÉLATIONS

— Dites-moi, je n'ai pas voulu insister quand on parlait de photos, l'autre jour. Mais sur celle-là, le groupe, là au mur, ce n'est pas lui, à gauche ?

— Ah, celle-là, je n'y pensais plus. C'est lui qui l'avait encadrée, et accrochée au mur.

— Je peux la prendre ? Je ne la vois pas très bien, d'où je suis.

— Prenez, prenez, et ne faites pas attention si y a de la poussière sur le cadre.

— C'est bien lui, à gauche ?

— Oui, tout à fait au bout.

— C'est curieux, c'est vrai que je ne l'ai vu qu'une fois ou deux en photo, mais je ne le reconnais pas bien.

— Il a maigri. Mais c'est bien lui.

— Et à côté de lui, celui qui lui met la main sur l'épaule, qui est-ce ?

— Je ne le connais pas. Je sais seulement qu'il a été député, enfin plus ou moins, ou adjoint au maire.

— Et les autres ?

— Je ne sais pas.

— C'est quoi, ce groupe ?

— Les amis que je vous ai dits, qui ont voyagé, comme lui, en Indochine, en Algérie.

— D'anciens militaires, donc ?

— Si on veut aller par là, mais à la retraite.

— Et ils se réunissaient souvent ?

— Encore assez. Tous les mois. Moins, ça dépendait. Des fois plus, quand il y avait une cérémonie, un anniversaire. Quelque chose qui les avait marqués.

— Des événements politiques ?

— Non, pas de la politique, non.

— Vous l'accompagniez parfois ?

— Jamais. Il n'y avait pas de femmes, dans leurs réunions.

— Et ensuite, Lucien vous racontait ses soirées ?

— Un peu, mais ça ne m'intéressait pas tellement.

— Mais je voudrais que vous m'en disiez plus. Vous dites des anniversaires, quelque chose qui les avait marqués. Quoi, par exemple ?

— Des événements de la guerre, ou de l'Algérie, je vous dis, je ne sais pas grand-chose, ce sont des trucs pour les hommes, c'est comme le foot.

— Et vous dites que ça n'est pas politique ?

— En tout cas, après, je n'ai pas eu de nouvelles. Je vous l'ai dit. Rien. Ils n'ont plus rien envoyé à Lucien, je ne reçois rien, même pas pour leur banquet.

— Elle a été prise quand, cette photo?

— Passez-la-moi. Ah, il s'était fait couper la moustache, c'est donc en 89 ou 90. Mais j'en ai d'autres à vous montrer, d'avant. Quand on était allés en vacances dans le Pas-de-Calais.

— Sans attendre le fameux camping-car, alors?

— Avec les filles de toute façon, ç'aurait été trop petit. Non, on avait fait du camping.

— En quelle année, vous m'avez dit?

— On y est allés une seule fois, en 83, mais on n'est pas restés très longtemps, on a dû revenir. Marie-Paule est retombée malade. Elle avait déjà eu une crise au moment de Pâques.

— Ces crises de rhumatisme articulaire dont vous m'avez parlé?

— Oui. Ça lui a duré plusieurs années.

— Ah, ce sont ces photos-là.

— Regardez-les, si ça vous amuse.

— Je peux? C'est le terrain de camping? C'est votre tente, à droite? Je vois les filles.

— Oui, Maud à droite et Marie-Paule à côté de son père.

— Elle est grande, Marie-Paule, dites donc.

— On en avait deux, une pour nous, une pour les filles. En fait, ça ne s'est pas arrangé comme ça, parce que Marie-Paule n'arrivait pas à dormir, tellement elle avait mal. Au début, on n'a pas trop fait attention, on pensait que c'était la croissance. Mais Maud n'arrivait pas à dormir, avec sa sœur qui pleurait, elle faisait, ah, ah, toute la nuit, tellement ça la tourmentait. Alors Maud est venue dormir dans la nôtre.

— Et vous avez laissé la petite seule dans l'autre tente?

— Non, Lucien y est allé. Il ne dormait pas bien la nuit, de toute façon, avec son métier. Il avait l'habitude de dormir dans la journée, et encore, pas beaucoup. Vous savez, ce sont des drôles de métiers, c'est comme boulanger, ça vous dérègle complètement.

— Vous savez à quoi je pense.

— Oui.

— C'est là que ça a commencé?

— Je ne sais pas.

— Ah! Vous êtes encore en train d'esquiver, non?

— Je dis que je ne sais pas si c'est là que ça a commencé. Je crois que ça avait déjà commencé avant.

— Quand?

— À la maison. L'hiver d'avant. Au printemps. Vers Pâques.

— Mais ce n'est pas du tout ce que vous m'aviez dit l'autre jour! L'autre jour, vous disiez ne vous être aperçue de rien, en tout cas, que simplement des bruits avaient couru, je me rappelle votre expression, selon quoi votre mari «s'arrangeait» avec ses filles. Mais c'était beaucoup plus tard, c'était en 86 ou 87, l'année où vous avez été opérée?

— Oui, on m'a enlevé un fibrome en 87.

— Et naturellement, c'est Lucien qui s'était occupé des filles pendant votre absence.

— Oh, elles étaient grandes, elles se débrouillaient bien toutes seules.

— C'est vrai. Du reste, c'est un autre problème. Et c'est plus tard. Mais pour ce qui est des débuts de toute cette affaire, vous m'avez dit que vous aviez eu seulement des doutes, et encore. Que vous n'aviez pas tenu compte de divers bruits qui couraient, et qu'il avait fallu finalement que ce soit Lucien qui vous dévoile tout. Alors, là je ne comprends plus rien.

— En fait, dès le début, j'ai su.

— Su quoi?

— Disons qu'il y avait quelque chose entre Lucien et ma fille.

— Quand? Lors de ces fameuses vacances en camping?

— Peut-être un peu avant.

— Avant! Et vous avez fermé les yeux?

— À Pâques de cette année-là, l'année où on est allés tous ensemble en camping, ils m'avaient dit au collège qu'elle allait sans doute redoubler. Alors Lucien s'est mis à la faire travailler. Il a pris deux semaines de congé quand elle était en vacances. Il faut dire que Maud était chez sa grand-mère, Marie-Paule aurait été toute seule. Et en plus, il était assez fatigué, Lucien, ça ne lui réussissait pas tellement le travail de nuit.

— Maud allait régulièrement chez sa grand-mère ?

— Non, ça on ne peut pas dire.

— De temps en temps ? Aux vacances scolaires ?

— Non, c'était la première fois depuis quatre ans, depuis qu'elle était revenue avec son père quand ils se sont installés chez nous.

— C'est elle qui avait voulu aller chez sa grand-mère ? Elle habite où, cette grand-mère ?

— À Nice. C'est à Nice qu'il habitait avant, Lucien. Il avait tous ses amis là-bas.

— Vous ne me l'aviez jamais dit. Donc elle est partie pour Nice. Elle devait être contente.

— Elle n'avait pas tellement envie, en fait. Elle a pleuré. Elle avait un petit ami, déjà, en ce sens-là, ça n'était pas plus mal qu'elle aille faire un tour ailleurs, c'est ce que j'ai pensé.

— Un petit ami ? Déjà ? Il y a une chose que je ne comprends pas bien. Vous m'aviez dit que Lucien n'avait pas bien supporté de la rencontrer avec un garçon, mais j'avais pourtant compris que c'était beaucoup plus tard, qu'elle avait alors au moins dix-sept, ou dix-huit ans...

— Effectivement.

— Comment vous expliquez que Lucien à l'époque n'ait rien dit, quand elle était encore très gamine et que, en revanche, il l'ait très mal pris quatre ou cinq ans plus tard, quand elle était bien plus en âge ?

— À l'époque, il n'en avait que pour Marie-Paule. Il ne voyait rien autour de lui.

— Je me dis une chose, peut-être que je vais trop loin. Quand elle a eu ce flirt que Lucien n'a pas bien supporté, est-ce que ça ne correspond pas à l'époque où, lui, il avait des relations avec elle ?

— Il n'en a pas eu ! Ça, j'en suis sûre ! C'est elle qui a raconté ça.

— Pourtant, c'est un peu le comportement d'un homme jaloux, non ? Ne me dites pas que vous n'y avez pas pensé.

— Si. Je me suis dit qu'il le prenait vraiment trop mal. Deux jeunes qui s'embrassent, qui n'en a pas fait autant au même âge ? Tant que ça se limite là.

— Et donc vous avez pensé que c'était étonnant qu'il le prenne si mal, sauf dans l'hypothèse que ça recommençait, comme avec Marie-Paule, cette fois avec sa fille ?

— En un sens. J'étais résignée à tout. J'en avais tellement vu !

131

— Donc revenons en arrière. À Pâques 83, c'est vous qui avez décidé que Maud irait voir sa grand-mère ?

— Non, est-ce que ça me regardait ? Un enfant, c'est l'affaire de ses parents. Il est sous leur responsabilité, hein ? Non, c'est Lucien. Il a tout arrangé.

— Et il s'est retrouvé seul avec Marie-Paule. Excusez-moi, mais c'est ce qu'on pourrait appeler de la préméditation.

— C'est ce qui s'est dit, au procès. Ils ont dit que Lucien s'était arrangé pour se débarrasser de sa fille et rester seul avec la mienne. Sous prétexte de l'aider en classe.

— Et c'est ce que vous avez pensé, vous aussi ?

— À un moment, peut-être, pendant le procès ! C'est tellement impressionnant de les écouter, ah, ils savent s'y prendre ! Mais ce n'est pas tout à fait vrai. Oui, je ne peux pas le nier, c'est à ce moment-là que ça s'est passé, enfin que ça a commencé, disons, mais aussi, il s'est si bien occupé d'elle ! Elle avait fait des progrès, à la fin de l'année. On l'avait changée de collège, et ça allait mieux, question études. Mais finalement elle a dû redoubler quand elle est tombée vraiment malade, l'été, et qu'elle n'a pas pu suivre l'école l'année d'après.

— L'été ? Au camping ?

— Oui.

— Ses études ont donc quand même été perturbées, gravement perturbées. Qu'est-ce qu'on en disait, au collège ?

— Je vous dis, elle est comme moi, elle n'a pas de facilités. Bien que Lucien l'aidait.

— Et tout ce temps-là, mais surtout cette fameuse année, à Pâques, ça vous paraît possible, plausible, même, qu'une petite fille, car elle avait treize ans, vous m'avez dit ?...

— ... treize ans et demi, elle est de décembre, elle avait eu treize ans en décembre...

— ... bon, admettons. On est encore une petite fille, à treize ans et demi, une fillette ! Une fillette, qui a été soumise par son père, son beau-père, à avoir avec lui des relations, ça vous paraît possible qu'elle puisse continuer de travailler avec lui ? À faire ses devoirs avec lui, à apprendre ses leçons avec lui ? Comment expliquez-vous ça ?

— C'est pourtant comme ça que ça s'est passé. Je dis, moi, qu'il n'y avait peut-être pas eu grand-chose, encore, avec Lucien. Elle avait l'air bien.

— Vous supposez donc quand même, et je vous dirais que je préfère vous entendre dire ça, qu'elle aurait été choquée, bouleversée, si les choses étaient allées, disons très loin ? S'il y avait eu entre eux, il faut nommer les choses par leur nom, des relations sexuelles véritables ?

— Pas forcément. Je ne sais pas. Vous savez,

moi, quand j'ai rencontré mon premier mari, j'étais tellement jeune ! Je l'ai fait, bon oui, on a couché ensemble, je voulais bien, d'accord...

— C'est une énorme différence !

— ... d'accord, mais je n'y tenais pas plus que ça. C'était surtout pour lui faire plaisir...

— Vous n'allez pas dire qu'elle aurait pu « faire ça », je reprends votre expression, pour faire plaisir à Lucien ?

— Non, je ne sais pas. Je dis seulement que, pour moi, ça n'est venu qu'après. À ce moment-là, je n'y attachais pas tellement d'importance.

— Tout de même ! C'était un garçon de votre âge, il ne vous forçait à rien, tandis que Lucien, son beau-père, un père même pour elle, c'est vous qui l'avez dit... c'est la même chose ?

— Non, je ne dis pas ça. Je dis seulement que moi, avant Lucien, je n'ai pas de honte à le dire, j'attendais que ça se passe, et pourtant des hommes, j'en ai eu plus d'un.

— Avec Lucien, ç'a été différent ?

— Ah, je peux le dire ! Je peux dire que j'ai su ce que c'était. Et j'avais attendu d'avoir plus de quarante ans !

— Je veux bien vous croire, je pense que c'est très important ce qui s'est passé entre Lucien et vous, c'est même extrêmement important, mais... d'un autre point de vue. C'est ce qui fait sans doute que vous êtes avec Lucien terriblement... indulgente. Ça ne vous blesse pas que je vous dise ça? Je ne vous juge pas. Mais... Ça m'a frappée dès le début. Votre attachement inconditionnel à Lucien.

— C'est ce qu'on a dit, au procès.

— Vous êtes d'accord?

— Ben, pas tellement. Je ne vois pas les choses comme ça. J'aime mon mari, point.

— Mais pour ce qui est de Marie-Paule, ce que vous dites de vous, quand vous étiez très jeune, de vos premières expériences amoureuses, sexuelles, on ne peut pas transposer comme ça. Il reste l'essentiel, que Lucien a profité de votre fille.

— Je sais. C'est aussi ce qu'ils ont dit, au procès, que je cherchais seulement à couvrir Lucien. Mais non, je disais seulement que ces choses-là, ce n'est pas toujours ce qu'on croit.

— Quand vous reveniez du travail, cette semaine, cette quinzaine-là, ça se passait comment?

— Elle me montrait ses cahiers quand je rentrais. Je n'y connais rien, mais il me semblait, enfin, elle avait bien fait tout ce qu'elle avait à faire.

— Je voudrais que nous soyons plus précises. C'est important, ce moment-là, c'est là que tout s'est noué. Quand vous arriviez, ils étaient où?

— Là.

135

— À cette table, ici?

— Oui. Lucien était là, et elle en face. Y avait encore sur la table son bol, avec du chocolat au lait.

— Comment était Lucien, quand vous rentriez? Normal?

— Normal. Il était même plus reposé, parce qu'il ne travaillait pas, c'est usant, les rondes de nuit, ils ont des boîtes de place en place, faut aller tourner une clef, ils font bien six ou sept kilomètres dans la nuit.

— On reviendra là-dessus. Ce n'est pas tellement le travail de Lucien qui m'intéresse, entre nous. Donc?

— Il était là, en survêtement, il s'était refait pousser la moustache, je le trouvais bien. Très gai. Très agréable. Il m'aidait à mettre la table et tout. Il me racontait des petites choses.

— Quelles choses?

— Comme quoi ils avaient fait une petite promenade, qu'elle avait pris son médicament, qu'elle avait eu moins mal aujourd'hui, eccetera. Vraiment, il était gai, je ne l'avais pas...

— Pourquoi vous vous arrêtez? Vous alliez dire?

— Non, rien.

— Que vous ne l'aviez jamais vu comme ça?

— En un sens, oui.

— Et ça ne vous a pas inquiétée? Ça vous a fait plaisir?

— Bien sûr.

— Pourtant, il y a des femmes qui s'inquiètent et parfois à juste titre quand leur mari devient plus gai, plus attentif, qu'il prend davantage soin de lui-même. Vous, non?

— Je ne dirai pas que je n'y ai pas pensé.

— Mais?

— Mais je ne vois pas quand il aurait pu rencontrer une autre femme. Il était toujours à la maison.

— Donc!... Et Marie-Paule? Comment était-elle quand vous arriviez?

— Souvent un peu brusque. Mais elle n'a jamais été exubérante, ce n'est pas comme Maud. Une fois, même...

— Oui?

— ... elle a pleuré, elle a dit qu'elle voulait aller à Nice, avec Maud. Que ça n'était pas juste. Mais Lucien l'a consolée, il lui a dit qu'on irait en camping, cet été, quand elle serait guérie. Oui, c'est comme ça qu'on est allés en camping, comme je vous ai raconté.

— Et c'est tout? Elle s'est calmée?

— Non, pas tout de suite. Elle s'est fâchée, elle disait : «Je ne veux pas, je ne veux pas aller en camping!» Elle a fait une crise. Alors Lucien lui a dit : «Tu ne veux pas qu'on aille

137

en vacances ensemble ?» Non, non, qu'elle disait !

— Et vous pendant ce temps ?

— Rien, j'étais habituée, quand elle était petite, elle faisait souvent des comédies. Je suis allée lui chercher de l'eau à la cuisine pour lui donner un autre médicament, car le docteur avait dit qu'il ne fallait pas qu'elle s'énerve. J'étais fatiguée par ma journée, je n'aimais pas qu'il y ait des scènes. Je me souviens, j'étais tellement maladroite que j'ai cassé un verre.

— Et quand vous êtes revenue ?

— C'était passé. Elle était assise à côté de Lucien sur le canapé, il la tenait comme ça, comme quand elle était plus petite, il lui disait : «Câlin, câlin, là, c'est fini.» Elle ne pleurait plus. Alors, il a dit : «Tu ne veux toujours pas qu'on aille ensemble en vacances ? — Non. — Alors, qu'est-ce qu'il va faire, Lucien ? Il va être triste, Lucien.» Il parlait souvent bébé avec les filles, ça m'énervait. Je me souviens, elle le regardait par en dessous, et il a dit : «On ne l'aime plus, son Lucien ?» Elle lui a passé les bras autour du cou, elle l'a serré, serré !

— Et ensuite ?

— On s'est mis à table, j'étais crevée. Mais elle n'a presque rien mangé, elle est allée au lit tout de suite. Je suis allée la border, mais elle dormait déjà.

— Vous avez attaché de l'importance à cette scène, à ce moment-là ?

— Pas plus que ça.

— Il y en a eu d'autres ?

— Juste avant qu'on parte en vacances.

— Là, elle allait à l'école ?

— Oui, mais elle manquait souvent. Un soir quand je suis rentrée, elle était déjà couchée, elle n'a jamais voulu me parler et je suis allée dire à Lucien : « Vas-y donc, toi, il faudrait bien qu'elle mange quelque chose. » Alors, il faut croire qu'elle m'a entendue, elle a crié : « Non, je ne veux pas, je ne veux pas qu'il vienne. »

— Lucien y est allé quand même ?

— Non, je lui ai redit : « Mais qu'est-ce que t'attends ? » Il a fait celui qui n'entendait pas. Il a mis sa veste et il est parti travailler. Ça m'a étonnée, il était toujours aux petits soins avec elle.

— Et le lendemain, elle était toujours fâchée contre lui ?

— Non, le lendemain, elle est partie à l'école, toute douce, toute souriante.

— Et Lucien ?

— Je n'ai rien remarqué.

— Il y a eu d'autres scènes, comme celle-ci ?

— Oui, deux ou trois fois. Un coup, elle est restée trois jours sans desserrer les dents.

139

Fâchée ! Contre lui, contre sa sœur, contre moi. Heureusement qu'on partait en vacances, c'était devenu un enfer.

— C'est un calvaire qu'elle a vécu, cette enfant-là, non ?

— Vous savez, ces maladies-là, ça rend nerveux. Mais j'ai déjà raconté tout ça, au procès !

— Mais moi, je vous l'ai dit, je ne suis pas le juge. Je ne cherche qu'à comprendre. Et à vous aider, si c'est possible.

— Oh, ça ! Personne ne peut m'aider.

— Puis, le même été, il y a eu ces fameuses vacances à la mer. Vous m'avez dit où ?

— À Hardelot. Le docteur avait dit qu'il fallait la changer d'air. Moi, je n'y tenais pas plus que ça, c'est toujours de la dépense supplémentaire.

— Quand il a fallu aller dormir dans sa tente, parce qu'elle souffrait trop, vous avez trouvé normal de laisser Lucien y aller ? C'est difficile à comprendre.

— Je vous l'ai dit, il avait l'habitude des nuits blanches et surtout, elle le réclamait. De moi-même, j'aurais peut-être fait autrement, quitte à ne pas dormir.

— Elle le réclamait ? Donc, elle n'était plus fâchée contre lui ?

— Oh, non, ils étaient au mieux ! Les premiers jours, ils jouaient aux boules, ils allaient

140

se baigner ensemble, moi, je n'ai jamais aimé l'eau. Surtout qu'au début, elle n'avait pas encore trop de crises. Et puis on cherchait surtout à ne pas la contrarier.

— Pour accepter totalement ce que vous dites, il faudrait qu'on soit sûr que vous ne vous doutiez de rien.

— En tout cas, j'en mettrais ma main au feu qu'à cette époque-là, il n'y avait pas eu grand-chose.

— «Pas grand-chose». C'est toujours trop, non?

— Lucien n'avait rien fait avec elle de... de vraiment..., enfin il n'avait certainement pas dépassé certaines bornes.

— Et ça vous paraît moins grave? Vous présentez les choses d'une manière qui les minimise. Vous dites «qu'il n'avait rien fait avec elle». Mais quoi que ce soit, on ne peut pas dire que ce soit «avec elle», elle n'avait rien choisi, elle! Vous ne supposez tout de même pas qu'elle aurait pu être d'accord, du moins, jusqu'à un certain point. Qu'elle aurait été prête à accepter certaines choses, des baisers, des caresses.

— Je me suis toujours demandé. Voyez, j'ai voulu dire ça au tribunal mais j'ai senti que je ne rendais pas service à Lucien, on m'a fait comprendre que ce n'était pas digne d'une mère. Et pourtant, je vous jure, je vous le jure, ce que j'ai vu, je vais vous le raconter, je l'ai raconté tel quel.

— Vous avez vu quelque chose ?

— Oui.

— Quand ?

— Après la fin des vacances de Pâques, un jour, c'était en mai, je suis revenue plus tôt à la maison, parce qu'il y avait inventaire, et j'avais oublié de le dire à Lucien. Je n'avais pas mes clefs, j'ai sonné. Personne. J'ai cru que Lucien était sorti, ça lui arrivait, je vous ai dit, il ne dormait pas bien dans la journée. J'ai resonné. Il est venu ouvrir, et il avait l'air tout drôle, il était en survêtement comme tout le temps.

— Vous l'aviez réveillé ?

— C'est ce qu'il m'a dit. Je l'ai cru. Je suis allée dans la chambre pour retirer mes bas, j'ai toujours les jambes gonflées à force d'être debout, et j'ai remarqué que le lit n'était pas défait. Tiens, je me suis dit, il a dormi sur le canapé, et ça m'a étonnée, parce qu'il ne le fait jamais, il y a toujours du passage et ça le réveille. Mais je n'y ai pas fait plus attention que ça.

— Et alors ?

— Ben oui, mais ne voilà-t-il pas que j'entends la voix de Marie-Paule dans sa chambre : « Lucien ? » Elle demandait : « Lucien ? » « Ben, elle est là, elle ? j'ai dit. Elle n'a pas école?» J'ai eu l'impression que ça gênait Lucien. «Non, elle est rentrée plus tôt, elle se sentait nerveuse.» Et il est allé se chercher une tasse de café, je lui en laisse toujours dans la cafetière. Moi, je n'étais pas tranquille. «Tu ne m'en donnes pas?» j'ai dit. Ça n'était pas dans ses habitudes, toujours gentil, attentionné. Il est retourné à la cuisine sans rien dire et m'a rapporté une tasse. J'ai bu mon café et voilà ma Marie-Paule qui arrive, avec juste son T-shirt et un short de gymastique qu'elle met à la maison. «Tu es là? elle me dit. Je ne t'avais pas entendue rentrer.» Et puis c'est tout. Mais elle était rouge, rouge.

— Vous lui avez dit quelque chose?

— Non, j'étais sonnée. Je me suis aussitôt fait un cinéma dans ma tête. Je ne savais pas quoi penser. Je me disais, ça n'est pas possible, ils n'ont tout de même pas couché ensemble! Carrément. Comment vous dire? Ils avaient le même air.

— Vous n'avez pas peur des mots, là. Vous n'avez pas hésité. Quel air, ça veut dire quoi, l'«air»?

— Je ne pourrais pas vous dire.

— Ça leur arrivait de faire la sieste ensemble?

— Avant, oui, très souvent. Quand elle était petite, c'était automatique. Elle revenait de l'école, elle mangeait son goûter et hop! elle allait faire une petite sieste avec lui.

— Comment vous le savez? En règle générale, vous n'étiez pas là.

— C'est eux qui me le disaient. Madame, Lucien, il a peut-être eu des torts, mais c'est quelqu'un qui... n'a rien de mauvais. Ça peut paraître bizarre de dire ça de quelqu'un qui est en prison, mais c'est vrai. C'est un homme qui a de grands défauts, comme tout le monde, mais il a une qualité. Il n'est pas tordu, comme certains. Il est droit.

— Pour dire ça, il faut vraiment être sûr de quelqu'un. Vous êtes tellement sûre de lui?

— Oui, oh, ça, aucun doute.

— Revenons à ce jour où vous êtes rentrée en avance. Malgré ce que vous m'avez dit de leurs habitudes, pourtant, là, vous n'avez pas hésité, là, vous avez pensé au pire. Ça ne ressemblait donc pas à une sieste ordinaire.

— Non. Je ne peux pas expliquer comment, mais non.

— La preuve, c'est qu'ils ne vous ont rien dit. Et vous avez donc clairement soupçonné quelque chose.

— Oui, je vous le dis, j'ai eu peur. Vous savez, elle a toujours été grande, Marie-Paule, elle a toujours été grande pour son âge, moins mignonne peut-être que Maud, je le reconnais, mais très jeune fille, très tôt. Pas coquette, non,

144

pas comme Maud, toujours devant la glace et à se faire les yeux. Non, elle ce n'est pas ça, plutôt des jeans, des shorts, des baskets, mais au point de vue corps, déjà jeune fille, il n'y a pas à dire. Femme, quoi.

— Rappelez-vous, ne l'oubliez pas maintenant, elle n'avait que treize ans !

— Je sais bien. Et puis je me suis dit, non, ça c'est pas possible, tu te fais des idées, qu'est-ce qui t'arrive ? J'ai même eu honte, honte, de soupçonner comme ça !

— De soupçonner Lucien ?

— Non, les deux. C'est les deux que je soupçonnais. Je me suis dit que je m'étais fait des idées. Je voyais bien pourtant ce qui se passait, mais je me disais que je me faisais des idées.

— Il se passait quoi, exactement ?

— Disons que Marie-Paule se rapprochait de plus en plus de Lucien.

— Après ce jour où vous les aviez surpris faisant la sieste, ou quoi, ensemble ?

— Oui, à partir de là, je les ai regardés plus, forcément. Disons, ça me fait mal, mais c'est vrai, qu'elle était carrément amoureuse de lui.

— Et lui d'elle ?

— Oui. C'est peut-être pour ça qu'il n'aurait pas osé. À ce moment-là.

— Que voulez-vous dire ? Oser quoi ?

— Coucher vraiment avec. Mais il ne pouvait pas se retenir, c'était tout le temps à la toucher, à lui caresser les cheveux, à lui prendre la main.

— Maud voyait tout ça ?

— Elle était plutôt occupée de son petit copain, mais un jour elle a quand même dit : «Eh, les amoureux, vous gênez pas.»

— Vous avez réagi comment ?

— Je lui ai balancé une gifle.

— Et Lucien ?

— Rien. Il n'a rien dit.

— Comment Maud a-t-elle pris ça ? Vous l'aviez déjà giflée ?

— Jamais. Elle a dit : «Mais c'est une vraie maison de dingues, ici!» et pas plus que ça. Elle avait la tête ailleurs.

— Marie-Paule a écouté ça sans rien dire ?

— Ele est partie en courant dans sa chambre.

— Et pendant tout ce temps, comment Lucien se comportait-il avec vous ? Il était gentil, attentif, comme d'habitude ?

— Toujours pareil.

— Et enfin, dans l'intimité, vous me comprenez ?

— Disons que c'est moi qui ne me sentais pas bien, c'est moi qui ne voulais pas, souvent. J'étais déboussolée. J'étais affolée. Alors, vous pensez si, au tribunal, j'ai pu me faire comprendre. Je sentais bien que tout ce que je pourrais dire, ça jouerait contre Lucien.

146

— En y repensant, maintenant, et vous êtes loin des juges, qu'est-ce qui vous faisait peur à ce point ? Qu'est-ce qui vous bouleversait tant ? Que Lucien ait eu ces rapports-là avec votre fille ? Que votre fille soit tombée, je ne dirais pas amoureuse, mais sous l'emprise de son beau-père ? Expliquez-moi.

— Je ne sais pas. Tout ça se mélangeait. Je crois bien que j'étais jalouse de ma fille surtout. Oui, je crois que c'est ça qui l'emportait.

— Vous l'avez dit au tribunal ?

— Ah, non, je n'aurais jamais pu.

— Et ça se traduisait comment ?

— Je lui en voulais de voir Lucien comme ça, toujours aux petits soins pour elle. Il faut dire qu'elle était souvent souffrante, à l'époque.

— Vous n'avez jamais pensé que sa maladie était en rapport, en rapport direct, avec ces relations si peu naturelles, si violentes, entre une jeune fille très, très jeune, et son beau-père ?

— C'est ce qu'ils ont dit, au procès. Un docteur.

— Mais vous, vous faisiez le rapprochement ?

— Non. Violentes, violentes, je ne dirais pas ça.

— C'est pourtant, c'est sûrement ce qui s'est passé, au bout du compte. Non ? Vous ne croyez pas ?

— Je ne sais pas.

— À votre avis, Lucien en est resté là ?

— Non. C'est bien probable.

— Et alors ?

— Je ne sais pas quoi vous dire. Ce n'est pas un violent, Lucien. Mais un homme, n'est-ce pas, il ne s'arrête pas comme ça. Il faut qu'il aille jusqu'au bout. C'est ce que j'ai dit, au procès.

— Vous avez dit ça ?

— Oui. C'est ce que j'ai dit au procès. Mais ils ne m'ont pas écoutée. Ils étaient à leur idée, ils étaient comme vous, elle avait treize ans, et Lucien l'a violée. Ils en revenaient toujours là.

— Mais elle, un tel passage aux actes, elle l'a sûrement, forcément vécu comme un viol. À treize ans !

— Je ne peux pas vous dire. Moi, j'étais dépassée. Les voir comme ça, ça me dépassait.

— Au tout début, quand vous avez remarqué à quel point elle s'attachait à Lucien, vous n'avez pas essayé d'intervenir ? De parler à votre fille ? De lui dire, à Marie-Paule, que quelque chose était peut-être excessif dans ses relations avec Lucien, quelle qu'en ait été, à l'époque, la vraie nature ?

— Non. Je ne pouvais pas.

— Comment ?

— Il n'y a pas à dire, je leur en voulais, je leur faisais la tête.

— À tous les deux?

— À Lucien, moins.

— Pourquoi?

— Je dis toujours, un homme il est attiré par les femmes, hein, un homme normal, et ça n'était pas sa fille, alors? Une jeune, ça leur plaît toujours. Moi, je ne dis pas que ça ne me faisait pas du chagrin, mais un homme, c'est un homme.

— Vous auriez pu essayer de les séparer.

— Où est-ce que je l'aurais mise, ma fille?

— Tout de même, vous auriez pu parler à Lucien.

— Oui, mais je ne l'ai pas fait.

— J'ai remarqué que vous parlez souvent d'eux au pluriel, que vous ne les séparez pas, dans cette affaire. En somme, vous les voyiez tous deux comme un couple, comme ç'aurait été le cas si Lucien avait eu une aventure en dehors de son ménage.

— Oui, il y avait de ça. Maintenant que vous me le dites, oui. Je ne suis pas allée chercher si loin, à l'époque.

— Puis il y a eu les vacances, l'épisode des nuits sous la tente. Là, pour vous, les choses ont évolué?

— En un sens, oui.

— Comment en un sens? C'est à ce moment-là seulement, ou déjà avant, que leurs relations ont changé de nature, que Lucien, cette fois,

est passé au-delà des simples, disons, caresses...
Je n'aime pas être aussi précise, mais sans ça,
comment comprendre ?

— À la fin de la première semaine de
vacances, j'ai bien vu que quelque chose n'allait
pas. Et puis un matin, elle a dit : «Je veux
retourner à l'hôpital, là au moins j'étais bien
soignée.»

— Quand y était-elle allée ?

— Fin mars, pour des examens, c'est là
qu'on avait trouvé ce qu'elle avait. À l'époque,
ça ne s'était pas bien passé, elle n'était restée
que quatre ou cinq jours mais c'était des comédies pour qu'on la ramène, tous les soirs !

— Comment expliquer alors son désir d'y
retourner sinon parce qu'elle refusait quelque
chose ? Elle n'était pas plus malade ?

— Non.

— Et vous ne vous êtes pas demandé pourquoi elle ne voulait pas, plutôt, que sa sœur,
enfin Maud, revienne avec elle, ou que ce soit
vous, au lieu de Lucien, qui passiez la nuit avec
elle sous la tente ?

— Si. Mais je vous l'ai dit, je me sentais toujours énervée par elle, je ne la supportais plus.
Et ça ne s'est pas arrangé, au contraire. On est
rentrés à la maison.

— Finalement, ça réglait le problème des
nuits. Mais pourquoi dites-vous que ça ne s'est
pas arrangé ?

— Parce que Lucien à son tour n'a pas été bien. Il ne dormait déjà pas beaucoup, mais alors là, plus rien. Il ne mangeait pas, il parlait à peine, passe-moi le pain, eccetera. Si vous aviez vu l'ambiance à la maison! À couper au couteau.

— Et Maud, dans tout ça?

— «Vous êtes pas marrants, hein», elle disait. Et elle disparaissait. Elle traînait un peu, par-ci, par-là, avec des Kamel, des Karim, ça ne me plaisait pas plus que ça. Mais j'avais autre chose à penser.

— Et cette atmosphère a duré combien?

— Tout le mois de septembre. Début septembre, Marie-Paule n'avait pas pu faire sa rentrée, elle était à la maison, elle pleurnichait, et elle voulait qu'on lui apporte à manger au lit. Moi, je n'en pouvais plus. Un soir, ç'a été le comble, Lucien était parti au travail au moins avec une heure d'avance. Je suis rentrée du travail. Maud était dehors comme d'habitude. Ça faisait longtemps que je n'avais pas été seule avec ma fille. Elle m'a attaquée tout de suite, qu'elle avait peur toute seule, que je n'étais jamais à la maison, eccetera. J'étais énervée, je lui ai dit de se calmer, sinon...

— Sinon?

— Je ne sais pas, on la mettrait dans une pension, une maison pour les enfants malades.

Je hurlais, je n'étais plus moi-même! Pour le coup, elle avait raison, Maud, c'était la vraie maison de dingues.

— Et après?

— Elle a fait une crise de larmes. «Maman, maman, elle disait, je ne veux pas que tu m'abandonnes!» Et aussitôt après : «Oui, je veux m'en aller, je veux y aller à cette pension, je ne veux plus te voir, je ne veux plus vous voir!»

— Elle a dit «te» ou «vous» voir?

— «Te» voir. «Vous» voir.

— Donc, Lucien aussi?

— Je lui ai donné son cachet, et à ce moment-là, Lucien est rentré. Il avait oublié sa sacoche. Quand il a vu qu'on était toutes deux dans cet état-là, il est devenu blanc, tout blanc.

— Il pensait qu'elle vous avait peut-être parlé?

— Peut-être. Il m'a fait pitié.

— Comment ça, pitié?

— Il ne savait plus où donner de la tête. Moi, énervée, Marie-Paule qui criait : «Je ne veux plus te voir», eccetera. Il m'a regardée, il m'a regardée, je ne peux pas vous dire! C'était un homme malheureux, c'est tout ce que j'ai vu. Il serrait les dents, il a dit : «J'en peux plus, j'en peux plus.»

— Il est parti tout de suite?

— Oui.

— Et vous, qu'est-ce que vous avez fait?

— Je m'en suis pris à Marie-Paule. J'ai crié : «File dans ta chambre, file dans ta chambre!» Je ne peux pas dire autrement, je m'en suis pris à ma fille.

— De quelle façon?

— Je devais pas être belle à voir, je suis rentrée dans sa chambre, quand elle m'a vue, elle a arrêté aussitôt de pleurer, elle est restée, là, la bouche ouverte, elle me regardait. «T'as pas honte? Tu vois ce que tu fais à ton père? Tu vois comment qu'il est fatigué? Tu veux qu'il tombe malade, ou quoi?» Je criais à mon tour, je criais. «Tu veux quoi, à la fin? Il n'en peut plus, Lucien, tu l'as entendu tout à l'heure, il n'en peut plus. Et moi non plus je n'en peux plus. Et ta sœur, hein, pourquoi tu crois qu'elle traîne comme ça? Parce qu'on n'en peut plus de toi. Mauvaise fille!» Je ne sais pas ce que je lui ai encore dit. Ça, maintenant, je le regrette, mais c'est comme ça que ça s'est passé.

— Et elle?

— Rien. Elle est restée là, comme ça, à me regarder et puis elle s'est retournée, elle s'est jetée dans son oreiller et elle a pleuré, pleuré! J'étais rentrée dans la cuisine, mais je suis revenue, je me suis assise sur son lit, j'ai essayé de la prendre contre moi, mais elle était raide comme un bâton, ah, ça m'a fait mal! Je me

153

suis mise à pleurer à mon tour. Mais il n'y a rien eu à faire. «Ma petite fille, je lui ai dit, ma petite fille, regarde-moi. Maman était énervée, c'est fini maintenant.» Elle ne s'arrêtait pas. Alors je suis sortie, et quand je suis revenue, elle dormait. Elle ne s'était même pas déshabillée, elle dormait comme ça. Je lui ai retiré ses vêtements, comme quand elle était bébé, elle s'endormait souvent comme ça, et je l'ai mise sous les draps. Elle m'a passé les bras autour du cou, elle disait des mots, je n'ai pas compris.

— Et le lendemain?

— Rien. Elle est venue au petit déjeuner, toute pâle, elle n'a presque rien mangé et elle est retournée se coucher.

— Ensuite?

— Pareil. Elle était plus calme, mais elle ne disait pas trois mots. On lui parlait, on aurait dit qu'elle n'entendait pas, elle se laissait faire, on la servait, tu en veux encore? elle disait non, elle mangeait ce qu'elle avait dans son assiette.

— Et avec Lucien?

— D'abord, il n'osait pas trop, et puis il a essayé de la faire rire, il la prenait par l'épaule, ou il l'embrassait, comme avant. Elle se laissait faire. Y a pas d'autre mot. Et ça a continué comme ça.

— Vous mesurez la portée du mot. Elle se

laissait faire, vous dites. À moi, ça me fait froid dans le dos. Elle n'avait plus de résistance.

— Non, on aurait dit ça.

— Donc, de résistance à rien ? Et vous y avez pensé ?

— Oui.

— Vraiment ? Vous vous êtes dit qu'elle avait aussi cessé de résister à Lucien ?

— En un sens. Mais je ne voulais pas trop y penser. Je voyais seulement que ça allait mieux à la maison, que Lucien était plus calme, ce n'est pas qu'il avait meilleure mine, il avait toujours l'air tourmenté, mais il n'y avait plus de scènes. Je n'en pouvais plus, de toutes ces scènes.

— En un sens, vous vous rendez bien compte que c'est vous qui l'avez brisée, sa résistance ?

— Non, ce n'est pas ce que je voulais, non.

— Tout de même, vous lui avez bien fait comprendre que la solution, pour elle, c'était de..., enfin de... se laisser, comme vous dites, de se laisser faire...

— Je ne voulais pas ça, non, je ne voulais pas ça ! Vous êtes comme le juge, finalement ! Ah, si vous saviez ce qu'il a dit, le juge ! Je ne pourrai jamais le répéter, c'est trop dur.

— Ne me le dites que si vous le voulez, je ne vous oblige à rien, vous le savez bien.

— Il a dit : «Madame, c'est vous qui devriez

être ici, c'est vous qui avez poussé la petite dans le lit de son beau-père!»

— Ça ne retire rien à la faute de Lucien. Mais on ne peut pas ne pas penser comme lui.

— Non, ça jamais! ça n'est pas vrai! Moi, j'aurais voulu qu'on s'entende bien, comme avant! Je ne pouvais pas supporter de voir notre famille s'en aller en morceaux et Lucien, non, ce regard qu'il avait, traqué, ça, c'était trop pour moi. Qui sait ce qu'il aurait été capable de faire!

— Et Marie-Paule? Vous ne vous êtes jamais dit que vous la poussiez à bout, qu'elle pouvait être capable de tout, elle aussi?

— Non, ça non. Elle est comme moi. Elle est solide. On est des dures à cuire, nous. Non, elle ne serait jamais capable de faire ça. Et puis, finalement, ça s'est tassé.

— En quel sens?

— J'ai bien vu qu'il n'était plus avec elle comme avant. Plus distant.

— Vous croyez que c'était une feinte? Il faisait peut-être seulement attention que ça ne se remarque pas.

— Vous savez, c'est terrible. Un homme, ça ne dure pas. Je suis bien placée pour le savoir. Je ne sais pas ce qu'il voulait exactement, mais il l'avait eu, et un homme, quand il a eu ce qu'il voulait... Personne n'est allé y voir, vraiment. Ça, il n'y a que lui qui le sait.

— Là, vous n'êtes pas sincère! Vous m'avez dit que ça avait duré trois ans, qu'il vous en avait fait lui-même l'aveu.

— Peut-être. Mais il m'a surtout dit qu'il avait été fou d'elle.

— Et devant le tribunal, il n'a pas reconnu les faits?

— Il a fini par céder. Il disait qu'il y avait eu ci, et ça, là il le reconnaissait, et le juge disait: «Mais il faut appeler les choses par leur nom! Ça s'appelle un viol!» Alors, de guerre lasse, il a dit: «Si vous voulez.» Tout le monde était contre lui. Ils avaient que ce mot-là à la bouche. Viol! Viol! Viol!

— Et pour vous?

— Pour moi, ce qui s'est passé c'est ça. Il y a eu quelque chose, oui, je ne le dis pas, mais savoir quoi, exactement? Il est peut-être retombé ensuite, une fois ou deux encore, mais c'est tout. Voilà la vérité. Et après, vous savez la suite. Il y a eu toutes ces histoires, à cause de Maud et des mauvaises influences qu'elle a eues. Voilà la vérité.

— La vôtre, celle qui vous arrange.

— Oh, ce qui m'arrange, moi!

Paris, le 13 octobre 1995

Chère Madeleine,

Je ne suis pas très étonnée de votre réaction, je vous avoue que je m'y attendais un peu. Mais je vous rassure tout de suite : vous êtes tout à fait libre, rien ne vous oblige à donner une suite à ces entretiens.

Votre lettre d'ailleurs n'est pas très explicite. Moi, je suis à votre entière disposition. Si vous souhaitez me revoir et prolonger nos conversations, ce sera quand vous voudrez. Et si vous préférez réfléchir un moment, faites-le-moi savoir. Je serai seulement absente une semaine ou deux au début de novembre.

Je comprends bien qu'il vous ait été pénible de revenir sur un passé très douloureux. C'était un risque, dont je vous avais franchement avertie au tout début. J'avais l'impression qu'au fil de nos rencontres, vous l'aviez de mieux en

159

mieux accepté, peut-être même que cela vous avait en quelque façon aidée.

Je serais donc un peu triste si je devais penser que, maintenant, vous regrettez plus ou moins la confiance avec laquelle vous m'avez parlé. Si vous le souhaitez, je peux vous envoyer un double de tous les enregistrements. Vous pourrez les écouter tranquillement.

Ne vous faites pas de souci pour la radio-cassette, gardez-la aussi longtemps que vous voudrez.

Vous savez que vous pourrez toujours me joindre et, dans toute la mesure de mes moyens, compter sur moi. Quelles que soient la suite et l'issue finale de ce projet, sachez que, pour ma part, je vous ai beaucoup de gratitude de vous y être prêtée.

Avec toute mon amitié,

Sophie.

Paris, le 10 juin 1996

Chère Madeleine,

Je n'ai reçu votre lettre qu'avec un long retard ayant été absente de Paris pendant près de deux mois et j'ai été très affectée d'apprendre la douloureuse nouvelle. J'avais plusieurs fois songé à vous écrire depuis octobre dernier, mais je ne voulais pas paraître vous relancer pour notre projet. Je n'imaginais pas qu'une si pénible occasion nous remettrait en contact. Nous avons parlé assez longuement, l'année dernière, pour que je mesure à quel point la perte de M. Dumonchel va vous laisser seule et désemparée.

Croyez, chère Madeleine, que je prends part à votre peine de toute ma très affectueuse sympathie,

Sophie.

Paris, le 11 décembre 1996

Chère Madeleine,

J'avais respecté votre silence ces derniers mois, pensant qu'après ce qui s'était passé, notre projet était désormais bien loin de vos préoccupations. Mais puisque vous le souhaitez, je serai moi aussi très contente de vous revoir. Je peux être à Saint-Colmer le 20 ou le 21.

Avec toute mon amitié et en vous espérant tout à fait rétablie,

Sophie.

DERNIÈRE CONVERSATION

— ... ah! si, finalement ça marche, si, si.

— Bon, c'est bien.

— Vous voulez vraiment qu'on enregistre? Est-ce que c'est bien nécessaire? Je vous l'ai dit, je ne crois pas que nous puissions... que nous ayons encore...

— Si, si, je préfère. Merci d'être venue si vite.

— Que se passe-t-il? Je voulais vous rendre visite depuis quelque temps, mais je n'osais pas vous déranger.

— Vous n'avez pas fermé le verrou?

— Non, non, j'ai juste tiré la porte. C'était ouvert quand je suis arrivée.

— Vous voulez bien le fermer? Quand je suis seule, je laisse ouvert, le docteur m'a dit de ne pas le mettre depuis que j'ai encore eu un malaise. Vous êtes sûre qu'il marche, votre appareil?

— Bien sûr, pourquoi?

— ...

— Vous vous sentez mieux, aujourd'hui?

— Mieux, non, je ne me sentirai jamais bien, mais on vient de me faire ma piqûre, et ça me soulage mes étouffements.

— Qu'est-ce qui s'est passé?

— Un matin, ça m'a prise. Une douleur, là, dans la poitrine! Ça me tenait sous le bras et jusqu'au bout de la main et en même temps, j'étouffais.

— Il n'y a personne pour vous aider?

— Il y a une femme que vous ne connaissez pas, elle a repris l'appartement juste en dessous, elle monte régulièrement me voir. Mais si, que je suis bête, c'est celle qui habitait aux Roitelets, elle a déménagé pour venir ici, elle avait un fils au centre pénitentiaire, c'est comme ça qu'on s'est connues. Autrement, je me débrouille. Je recommençais à aller un peu mieux. Et puis j'ai eu un nouveau malaise. Si ça me reprend, le docteur a dit que ce serait de nouveau l'hôpital.

— Vous y êtes restée longtemps?

— Non, juste le temps des examens, on m'a fait un cardio, un électrocardiogramme, et toutes sortes de prises de sang, d'examens, eccetera. J'ai le cœur très, très fatigué.

— Ce serait peut-être mieux, plus prudent, de ne pas rester seule...

— Non, je ne veux pas, je veux rester ici, c'est chez moi, ici, avec mes souvenirs.

— Je comprends. Mais il faudrait que vous ayez quelqu'un avec vous.

— Mes fils passent, de temps en temps, le deuxième, le premier ne peut pas souvent. Il est très pris, et je ne me suis jamais entendue avec ma belle-fille.

— C'est lui qui m'a téléphoné pour me dire que vous aviez eu ce malaise ? J'ai aussitôt essayé de vous appeler, mais votre numéro n'a plus l'air d'être le bon. Et puis j'ai eu votre lettre.

— J'ai dû en changer, il y a déjà un moment, juste après. Vous ne pouvez pas savoir ce que j'ai entendu. Et à la poste, ils m'ont mise sur une liste spéciale, comme quoi on ne donne pas mon numéro.

— Comment ça ? Qui vous appelait ?

— La nuit. Des gens qui ne laissaient pas leur nom, je vous le dis, des appels anonymes, quoi. Et pour entendre ça ! Que c'était bien fait, et que eccetera. Qu'on n'irait pas le regretter. Et d'autres choses encore, que je ne peux pas vous répéter.

— Mais il fallait prévenir la police ! Vous avez idée de qui ça peut bien être ?

— Maintenant, d'ici qu'ils aient mon autre numéro... Mais prévenir la police, je n'avais pas la tête à ça. Et pour ce qu'ils sont capables, dans la police. Non, d'après moi, c'est toujours les mêmes. Dans la Cité. Des voisins. Ils nous jalousaient. C'était juste après, je vous dis, et toutes les nuits. Non, vous ne pouvez pas savoir. Ça a bien duré six mois. Ils s'arrêtaient, je croyais que c'était fini. Et ça recommençait. C'était à devenir fou. Je crois que c'est ce qui a fait que j'ai eu ma crise. Vous savez, ça m'a trop secouée, tout ça. Trop, c'est trop.

— Je sais. J'ai été bouleversée quand j'ai appris...

— Oui, je sais, je vous remercie. Qui aurait pu, hein... J'avais tout de suite dit de vous prévenir.

— À ce moment-là, je ne savais pas si vous aviez envie que je vienne vous voir, je pensais que vous aviez surtout besoin de calme.

— Du calme? Ah, j'en ai plus qu'il ne me faut, maintenant.

— Et vos filles? Marie-Paule?

— Je ne la vois pas beaucoup. Elle va avoir un deuxième bébé, elle n'est pas très disponible.

— Ah bon! Comment va-t-elle? Et sa petite fille? Elle a quel âge?

— Un peu plus d'un an.

— Je me souviens, quand j'étais venue la première fois, vous lui tricotiez un manteau.

— Non, une couverture. Enfin, tout ça, c'est vieux.

— Vous les voyez de temps en temps?

— Non. Elle a toujours à faire.

— Mais elle va bien, maintenant, elle est tout à fait remise, elle est heureuse avec sa petite famille ? Elle travaille ?

— Je ne sais pas. Je suppose.

— Vous n'êtes pas fâchée avec elle ?

— Non. Fâchée, non, moi, non.

— Et... et Maud ?

— Je ne l'ai jamais revue. Je ne veux pas la voir. Elle a encore essayé de me téléphoner hier. Je ne sais pas qui lui a donné mon numéro.

— C'était la première fois depuis la mort de son père ?

— Non. Elle avait essayé de venir me voir, mais je n'avais pas voulu.

— Je me demandais si elle ferait un signe, si elle vous aurait écrit.

— Quand elle a téléphoné, hier, j'avais encore l'infirmière, pour ma piqûre, j'ai fait signe que non, que je ne voulais pas lui parler. Je ne lui aurais pas parlé pour rien au monde. Elle ne manque pas de...! De venir me narguer, comme ça !

— Je vous comprends bien, mais c'est plutôt une preuve de gentillesse, tout de même, de venir prendre de vos nouvelles.

— C'est à cause d'elle, si je suis malade. Non, je vous dis. Elle vient me narguer. Elle vient voir tout ce qu'elle a fait. Tout ça, c'est sa faute. Je ne pourrai jamais lui pardonner, jamais... Ah, excusez-moi.

167

— Je vais vous laisser, je ne veux pas vous fatiguer.

— Vous ne me fatiguez pas, mais je ne peux pas m'empêcher de pleurer, ça vient tout seul, ça coule, ça coule, je ne peux pas arrêter. Ça fait bientôt six mois, hein, mais je ne peux pas le croire !

— Je sais. Mais vraiment, croyez-vous qu'on ne ferait pas mieux d'arrêter la machine ?

— Non, laissez, je suis bien contente que vous soyez venue. Je me dis souvent, c'est une personne bien, je lui ai dit tout ce que j'avais sur le cœur. Ça n'est pas rien, ça, je ne peux faire confiance à personne. La nuit, quand je ne dors pas, je repense à tout ce qui m'est arrivé. Chaque fois que j'allais le voir, on parlait de ce qu'on ferait ensuite. Tout le reste, ça ne comptait pas.

— Il était comment ?

— Fatigué. Il n'était plus le même... Mais de là à penser... Moi, je me dis qu'il en avait trop vu, que c'était trop dur, et en plus toutes ces années-là, enfermé, à ne rien faire, à retourner tout ça.

— Il est resté combien de temps, finalement ?

— Quatre ans. Un peu plus. Alors, j'essayais de lui remonter le moral, de lui dire, on fera ci, on fera ça. Mais je voyais bien qu'il avait pas la tête à ça. Et puis, un matin, ils l'ont retrouvé comme ça. Je l'avais vu deux jours avant.

— Dans sa cellule?

— Pendu.

— Pendu?

— Oui, il s'était pendu. Vous ne le saviez pas?

— Non, j'ai juste reçu le faire-part.

— Eh bien, c'est comme ça. Ils ont fini par l'avoir.

— Je ne sais pas quoi vous dire. Je n'imaginais pas ça du tout. D'après ce que vous m'aviez dit, je ne pensais pas à ça.

— Moi non plus. C'est trop, madame, c'est trop. Je me fais des reproches, vous ne pouvez pas savoir! Ils l'ont poussé à bout, comment comprendre les choses autrement? Ou alors, qu'est-ce qui a bien pu se passer dans sa tête? Pourquoi, pourquoi? C'est contre moi. C'est contre moi qu'il l'a fait. Je n'ai jamais été à la hauteur.

— Je sais bien que ce que je vais vous dire va peut-être vous choquer, mais c'est ce qu'il a voulu, lui. Ce n'est pas contre vous, ni contre personne. C'est une affaire entre lui et lui, entre lui et sa... sa... conscience, il n'y a pas d'autre mot.

— Vous savez, un jour, j'aurais dû me méfier, il m'a dit comme ça : «Des choses pareilles, ça ne peut pas s'effacer.» Moi, j'ai cru qu'il parlait du procès, de tout ce qu'on lui avait fait subir. Mais il voulait peut-être dire autre chose.

— Est-ce qu'il avait revu ses filles?

— Maud, oui.

— Et Marie-Paule?

— Jamais. Enfin, je ne crois pas. Je m'y suis toujours opposée.

— Elle voulait y aller?

— Oui, Marie-Paule voulait. Mais je ne l'ai jamais permis.

— Vous êtes certaine? Elle aurait pu y aller sans votre permission.

— Ça! Mais non, à mon avis non, elle ne l'a pas fait. Qu'est-ce qu'elle aurait été faire là-bas, d'ailleurs? Ça n'était pas sa place.

— Vous êtes fatiguée, il ne faut pas trop parler.

— Non, mais je n'ai plus tellement de résistance.

— Je reviendrai vous voir.

— Oui, c'est ça. Et téléphonez-moi, de temps en temps. Je vais vous donner mon nouveau numéro, je ne le sais pas par cœur, il est dans le cahier, là, sur le meuble. Oui, là. Ça ne vous dérange pas de me le passer? Je n'ai pas la force.

— Le carnet?

— Non, le cahier. Oui, le gros, là. Merci. Tenez, je voulais aussi vous montrer ça, avant que vous partiez. Voilà, c'est ça, vous pouvez lire.

— La coupure de journal?

— Oui.

— Vous voulez vraiment que je lise tout haut?

— Oui. Je veux que ça soit marqué sur votre appareil.

— «Suicide d'un détenu au centre de détention de Rochemont.» Vous voulez que je lise tout?

— Oui. Regardez bien.

— «Pour la deuxième fois, cette année, un détenu s'est donné la mort au centre pénitentiaire de Rochemont. Dans la nuit du 27 février, Lucien Dumonchel, cinquante-neuf ans, a été retrouvé pendu dans sa cellule. Lucien Dumonchel avait été condamné pour viol en 1992 à dix ans de réclusion criminelle.»

«Oui, c'est très dur de lire cela dans un journal, je vous comprends.

— Oh, ce n'est pas seulement ça, vous ne remarquez rien?

— Si, il y a des mots soulignés en rouge. *«S'est donné la mort»*, une fois, et *«Condamné pour viol»*, deux traits. Ce n'est pas vous qui avez souligné?

— Non, c'est la personne qui me l'a envoyé. J'ai reçu ça par la poste.

171

— Et vous savez qui c'est? Il y avait une lettre, un mot?

— Rien, mais j'ai reconnu l'écriture.

— Je ne peux pas deviner...

— Marie-Paule.

— Marie-Paule? Mais à votre avis, pourquoi? Ça veut dire quoi, à votre avis?

— Je ne sais pas. En tout cas, que je ne la reverrai jamais. Je ne vous ai pas dit la vérité, tout à l'heure. Ils ont déménagé, elle habite près de Roanne, maintenant. C'est ça qui me rend malade, j'ai tout fait pour elle, tout! Et voilà comment je suis récompensée.

— Je ne comprends pas, je ne comprends pas. Je le remets dans le cahier?

— Non, gardez-le, gardez-le pour vos papiers. C'est un document, ça. Oui, c'est un document.

— Un document de quoi?

— De l'ingratitude humaine, de l'ingratitude des enfants. Tiens, c'est moi qui aurais dû me noyer, pas ma petite sœur. C'est ça qui aurait dû arriver, ça aurait mieux valu pour tout le monde. Je me le dis souvent, oui, c'est toi qui aurais dû te noyer. Elle, c'était un ange. Un ange. Un ange.

— Ne dites pas ça. Il faut vous reposer, je vais partir maintenant. Je suis contente que vous m'ayez parlé, oui, je suis très touchée. Je reviendrai, dès que je pourrai.

172

— Vous partez? Ah, oui, bien sûr. Vous ne voulez pas prendre quelque chose avant? Un café, juste? Bon, ça ne fait rien. C'est ça, revenez, ça me fera toujours plaisir. Si je suis encore là. J'ai trop de monde là-bas maintenant. Trop de monde qui m'attend.

— Mais non, vous êtes bien soignée, si vous ne vous fatiguez pas trop, si vous prenez bien soin de vous, vous n'êtes pas en danger, votre fils me l'a dit au téléphone. Il vous faut seulement du repos, beaucoup de repos.

— Oui, oui.

— N'est-ce pas? Je reviendrai. Nous parlerons encore, si ça vous fait du bien. C'est d'accord? Bon, alors à bientôt, à très bientôt.

— Attendez, laissez votre machine, ne partez pas comme ça. Je m'excuse, hein, de vous retarder. Mais ne partez pas comme ça.

— Mais non, mais non, je vous en prie. Il y a quelque chose?

— Oui.

— Quoi donc? C'est grave?

— Oui. Ça me tourne, ça me retourne dans la tête depuis des mois. Je ne savais pas que devenir. Et à qui demander? Je n'ai personne à qui me fier. Hier soir, je n'étais pas décidée. Je tournais ça dans ma tête. C'est moi qui vous ai demandé de venir, et pourtant. Cette nuit, je n'ai pour ainsi dire pas fermé l'œil.

— Qu'est-ce qu'il y a? Je voyais bien que

173

quelque chose vous tourmentait. Je n'ai rien voulu dire, mais je l'ai senti. C'est Marie-Paule ?

— Non.

— Alors quoi donc ?

— Je me fais des reproches. Je n'ai pas été franche avec vous. C'est ce que vous pensez.

— Quand je l'ai pensé, je vous l'ai dit. Je n'ai rien gardé pour moi.

— N'empêche. Vous me jugez, vous n'avez pas une bonne opinion de moi. Même maintenant, même maintenant que le malheur est arrivé, vous me jugez. Vous ne me jugez pas bien.

— Je ne suis pas juge, je ne suis pas votre juge. Ni celui de Lucien. On l'a dit, souvenez-vous, souvent.

— Oui, mais ça me travaille. Ça m'empêche de dormir, j'y pense tout le temps. Je ne vous ai pas parlé franchement.

— Vous savez ce que j'en pense ? Je vous l'ai dit. Je crois que vous voulez absolument ne pas accabler Lucien, vous voudriez même ne pas l'accuser. Si c'était possible.

— Oui, peut-être bien.

— Je ne dis pas que je sois d'accord, mais je peux l'expliquer. Je vais vous dire quelque chose. Même si parfois j'ai été choquée, moi non plus je ne dois rien vous cacher, même si j'ai été parfois choquée, souvent même... Votre

174

indulgence, votre passivité devant Lucien! Pour ne pas dire plus. Mais il y a aussi quelque chose qui m'a touchée, qui me touche. Comment dire ça? Oui, on sent qu'il y a eu de l'amour entre vous. Vraiment. Un vrai amour. Et quoi qu'il se soit passé, ça a existé.

— Oui, certainement.

— Je ne dis pas ça pour vous trouver des excuses. Mais ça explique tellement que vous ayez voulu, que vous vouliez encore tout lui donner à Lucien.

— Oui, certainement. Mais il y a autre chose. Vous ne pouvez pas savoir. Ça me tourmente trop.

— Mais quoi donc alors?

— Vous savez, vous m'avez dit l'autre jour, «la vérité, pour vous, c'est la vérité qui vous arrange».

— Oui, je l'ai dit. C'est l'impression que j'ai eue, souvent.

— Mais la vraie vérité, je ne vous l'ai pas dite.

— Il n'y a pas de vraie vérité.

— Je ne peux pas partir avec ça. Non, je ne peux pas.

— C'est si grave?

— Oui. C'est moi qui ai dénoncé Lucien.

— V... vous l'avez... dénoncé?

— Oui. Il voulait me quitter. Alors, je l'ai dénoncé.

— Quand ? Quand avez-vous décidé de faire cela ?

— Il voulait me quitter. Là aussi, je ne vous ai pas dit la vérité. Allez, il faut dire les choses. Je vous ai menti. Il n'y a pas que les autres qui mentent. Moi aussi. Ça n'allait plus entre nous.

— Depuis quand ?

— Depuis longtemps. Au début, oui, ç'a été le coup de foudre. L'emballement, quoi. J'avais quarante-deux ans. C'était en 76. Et lui aussi, c'est certain, au début, c'est certain. On a eu tout de suite des relations, et moi j'y ai cru. Je vous l'ai dit, hein, avant, les hommes, ça ne comptait pas. C'est vrai. Avec Lucien, c'était autre chose, tout de suite. Mais pas bien long- temps après, j'ai senti qu'il s'éloignait.

— Vous êtes sûre ? Vous étiez tellement attachée à lui, on se trompe, souvent.

— Non, je ne me trompais pas. Il y a des choses qui ne trompent pas. Il ne... il ne vou- lait plus... Enfin, on ne faisait plus l'amour, quoi.

— Très vite, ç'a été comme ça ? Au moment de votre mariage ?

— Oui et non. Et ça ne s'est pas arrangé après.

— Et vous vous êtes mariés quand même ? Pourquoi ?

— Il voulait. Oui, c'est lui qui a voulu. Et

moi, vous pensez bien! Alors, malgré tout, j'espérais. Je me disais que ça reviendrait peut-être. Mais ces choses-là, hein? C'est rare quand ça revient. Au début de notre mariage, pendant un temps, je ne dis pas. Mais non. Ah, et puis! je me suis un peu laissée aller, alors...

— Il me vient une idée que vous avez sûrement eue, sûrement...

— Vous pensez qu'il se serait marié à cause des filles? J'y ai pensé, aussi. À quoi est-ce que je n'ai pas pensé! Qu'est-ce qui ne m'est pas venu dans la tête!

— Vous ne saviez rien de sa vie d'avant, vous m'avez dit?

— Si, des petites choses. Mais je n'ai pas voulu en tenir compte.

— Quel genre de choses?

— Des histoires. Une plainte qu'il y aurait eu contre lui, de la part d'une jeune, une serveuse dans un café au début qu'il était représentant.

— Et ç'a été confirmé?

— Non, au procès, on a dit que non.

— Et vous, vous croyez quoi?

— Oh, tout est possible. Maintenant, je ne sais plus trop quoi penser. Il suffit que quelqu'un soit en difficulté pour que tout le monde lui tombe dessus... Mais pour notre mariage, non, je ne peux pas croire ça. Qu'il n'y ait eu que

177

ça. Qu'il se soit marié avec moi pour cacher son jeu avec les filles.

— Elles étaient toutes petites, quand vous vous êtes rencontrés ?

— Justement. Les histoires avec elles, c'est bien plus tard. Moi, je crois que lui aussi, au début, il a cru qu'on pourrait faire notre vie ensemble. Mais ça n'a pas marché. Il y a de ma faute. Je n'étais pas une femme pour lui, pas assez jeune, pas assez jolie, quoi, il faut dire ce qui est.

— Il le savait bien quand il vous a rencontrée, quand il vous a épousée, que vous n'étiez pas une jeune fille, tout de même !

— C'est ce que je me suis dit. Alors, après, quand j'ai vu que ça partait dans tous les sens, je me suis effondrée, j'ai perdu tout mon courage. Je pleurais, je n'arrivais plus à me lever le matin, je manquais à mon travail.

— Et comment était-il avec vous ? Qu'est-ce qu'il vous disait ?

— Il disait que ça ne pouvait pas continuer comme ça.

— Il y avait des scènes entre vous ? Des disputes ?

— Non. Jamais. Il restait toujours calme, calme, froid même, j'aurais autant aimé qu'il se mette une bonne fois en colère. Mais non. Il parlait aux filles. Toujours doucement, gentiment. Je me sentais de trop. Alors je me suis laissée aller. Je n'avais pas toujours ma tête à moi, je me calmais avec un petit verre par-ci, une petite goutte par-là. Il me disait d'arrêter, que si ça continuait, un jour ou l'autre il me quitterait. Alors j'essayais d'arrêter. Mais ça ne changeait rien.

— Vous pensez qu'il serait parti de toute façon?

— Oui. Et puis il a commencé à fricoter avec les filles, et je m'en suis aperçue tout de suite. D'abord, j'ai pensé qu'il se rapprochait d'elles parce que ça n'allait pas trop entre nous. Puis j'ai bien vu le tour que ça prenait. Avec Marie-Paule. Et puis après les histoires avec Marie-Paule, il y a eu un temps où on s'était plus ou moins remis ensemble. Mais alors il s'est mis à tourner autour de sa fille. Je n'en pouvais plus.

— Si vous aviez dit quelque chose, il serait parti tout de suite, vous croyez?

— Oui. Oh! Sûrement. Alors, j'ai tout ravalé. Tout pris sur moi. C'est pour ça que le jour où il m'a dit que c'était vraiment fini, qu'il allait me quitter, j'ai réagi comme ça. J'ai pleuré, j'ai crié, j'ai fait une vraie scène, mais ça n'a rien changé. Il est sorti et je suis restée seule avec Maud. Je me suis disputée avec elle. Elle avait plus ou moins tout entendu. Elle a dit qu'elle en avait marre, qu'elle allait chez sa copine. Alors quand je me suis retrouvée toute

179

seule, ça n'a pas fait un pli, je l'ai dénoncé. J'ai tout dit à la police.

— Vous êtes allée à la police ?

— Non. Une lettre. J'ai tout raconté, tout, avec Marie-Paule et tout ça. C'est par moi que tout ça s'est su.

— Mais il y avait déjà eu des bruits, des rumeurs, des racontars ?

— Il y en avait eu, c'est certain. Et je suis sûre que Maud avait déjà parlé à droite et à gauche, à cette professeur, je vous ai dit, du LEP. C'est pour ça qu'après ça n'a pas traîné.

— Comment ça ?

— Il a été convoqué à la police, puis au juge.

— À la suite de votre lettre ? Il l'a su, que vous l'aviez dénoncé ?

— Non. Les filles non plus.

— Mais au procès, tout de même, on a dû en parler ! C'était un élément de première importance !

— Ils n'ont jamais su que j'avais fait ça.

— Vous n'aviez pas signé ? Une dénonciation anonyme ? Je ne peux pas croire que vous ayez fait ça.

— Si, je l'ai fait. J'en ai même envoyé plusieurs. À la police. Alors ils ont cherché d'où ça venait. Il y avait des détails, hein, le camping et tout. Plus tard, quand ils m'ont fait venir, au juge, j'ai dit que je ne savais pas qui

180

avait pu faire ça. Ils n'ont jamais pu le prouver, que c'était moi. Les experts et tout ça. Jamais.

— Mais ça n'a pas de valeur, de valeur de preuve.

— C'est quand même moi qui ai commencé.

— Mais ça ne peut pas suffire! On ne déclenche pas une action parce qu'il arrive des lettres anonymes à la police, à la justice!

— Non. Ce n'est pas ça, que je vous dis. C'est Maud qui a porté plainte. Ce n'est pas moi.

— Vous voyez bien.

— Oui, mais c'est à cause de moi.

— Comment ça?

— Un jour, Lucien a été convoqué à la police.

— Donc, finalement, il n'avait pas mis sa menace à exécution?

— Quelle menace?

— De partir.

— Il attendait de trouver quelque chose, du travail, ou un appartement. Mais il était décidé. On ne se parlait pratiquement plus. Donc à la police, ils lui ont demandé de venir. Comme quoi ils voulaient savoir s'il y avait quelqu'un qui lui en voulait, eccetera, parce qu'ils recevaient des lettres, eccetera. Il est revenu, il m'a dit: «Je suis embêté, il y a des lettres qui arrivent contre moi.»

— C'est à ce moment-là qu'il vous a tout révélé?

— Oui. Qu'il croyait. Moi, il ne m'apprenait rien. Je savais tout. Même où et quand. Alors. Quand je me couchais, souvent, j'étais un peu dans le vague, hein, entre les médicaments et le reste, mais je me réveillais toujours vers trois, quatre heures. Lui, quand il rentrait du travail, à cinq heures, il ne savait pas que j'étais réveillée. Je l'ai entendu plusieurs fois marcher tout doucement, tout doucement dans le couloir, et ensuite la porte de Marie-Paule, elle n'ouvre pas bien, il faut la forcer. Quand il venait se coucher, je faisais semblant de me réveiller tout juste. Je me levais. J'en étais malade. Malade.

— Si vous avez dit tout cela au procès, il ne pouvait plus y avoir aucune ambiguïté sur la nature de leurs rapports.

— Je ne l'ai pas dit. Je n'allais pas raconter ça. Mais, donc, pour en revenir à ce jour-là, il m'a dit qu'il avait des embêtements et tout ça. Et qu'il y avait eu quelque chose avec Marie-Paule. Et puis il a dû y retourner une autre fois. Il arrivait encore des lettres, il m'a dit. Vous parlez si je le savais. Tout a été de travers à partir de là.

— Et Maud alors? C'est donc à ce moment-là que, d'après ce que vous m'avez dit, elle s'est décidée, elle a parlé à sa sœur, elle a essayé de la convaincre de témoigner...

— Oui. Elle ne l'aurait jamais fait si elle n'avait pas vu Lucien dans cet état. Si elle n'avait pas plus ou moins compris qu'il avait été à la police. C'est ça qui l'a décidée. Elle a porté plainte contre son père.

— De toute façon, c'était inévitable. Ça serait arrivé de toute façon. Et, pour les filles, vous savez bien que ça valait mieux.

— Peut-être, peut-être bien. Reste que ce n'est pas Maud qui a commencé. La coupable, c'est moi.

— Coupable ? La faute était là. Elle était réelle, la faute de Lucien. Il fallait qu'il paye. Votre geste, évidemment, une lettre anonyme... Mais il fallait bien en finir.

— Je l'avais bien supporté pendant trois ans. Alors.

— Vous pensez donc maintenant que vous avez eu tort d'envoyer ces lettres ?

— Pour ça, oui. Je me disais : « J'ai fait ça pour ma fille. Pour ma fille. » Mais je me forçais. Je savais bien que ça n'était pas vrai. C'est ça qui me ronge.

— Je comprends.

— Tout ce malheur, n'est-ce pas, le procès, tout ça, et lui, mort dans sa prison ! et ma fille qui ne me parle plus. Tout ça par ma faute ! Non. Je ne peux pas le supporter. Alors voyez-vous, je ne pouvais pas vous cacher tout ça. Je ne pouvais pas. Je me suis dit : «Si je lui parle, eh bien, je ne sais pas, mais ce sera tout de même moins moche.»

— Vous avez bien fait. Je ne dis pas grand-chose, je suis toute secouée, mais vous avez bien fait. Dites-moi, pendant le procès, est-ce que Lucien a dit qu'il voulait vous quitter?

— Jamais. Il n'en a jamais parlé.

— À votre avis, pourquoi?

— J'ai toujours idée qu'il avait deviné.

— Je comprends, je comprends.

. . . .

— Dites, elle a bien tout enregistré, votre machine? Tout? Vous êtes sûre?

— Oui, je suis sûre.

Le 22 janvier 1997

Chère Madeleine,

Vous avez sûrement compris pourquoi je suis restée silencieuse après ma dernière visite chez vous. J'y ai depuis beaucoup réfléchi et tout ce que je peux dire, c'est que je voudrais que vous puissiez trouver maintenant un peu de calme et d'apaisement après tant de secousses douloureuses. Peut-être serait-il souhaitable que vous puissiez d'une manière ou d'une autre renouer avec Marie-Paule? Envoyez-moi un petit mot ou appelez-moi si vous avez besoin de quelque chose. Souhaitez-vous que je vous envoie la cassette? Il est hors de question, pour moi, d'en faire quelque usage que ce soit. Ce qu'elle contient vous appartient, et n'appartient qu'à vous.

Prenez bien soin de vous, chère Madeleine et croyez à toute mon affection,

Sophie.

Cette lettre a été retournée avec la mention : «Non distribuée pour cause de décès.»

DU MÊME AUTEUR

Aux Éditions Gallimard

LE DON DES MORTS.
PASSAGES DE L'EST.
LE PRINCIPE DE RUINE.
LES TROIS MINUTES DU DIABLE («Folio», n°2879).
VIOL.

Aux Éditions Flammarion

PAYSAGE DE RUINES AVEC PERSONNAGES.
LE VOYAGE D'AMSTERDAM OU LES RÈGLES
  DE LA CONVERSATION.

Aux Éditions Hachette (P.O.L)

LES PORTES DE GUBBIO (repris en «Folio», n°2758).

Aux Éditions P.O.L

UN PRINTEMPS FROID.
LA VIE FANTÔME.
CONVERSATIONS CONJUGALES.
ADIEU.

Aux Éditions Autrement (« Les villes rêvées »)

ROME.

Aux Éditions Actes Sud

LES ÉPREUVES DE L'ART.

Aux Éditions des Femmes

VILLES ET VILLES.

Traductions

Roberto Calasso : LE FOU IMPUR (P.U.F.).

Pier-Paolo Pasolini : LA DIVINE MIMESIS (Flammarion).

ORGIE (Actes Sud, papiers).

Italo Calvino : SI PAR UNE NUIT D'HIVER UN VOYA-
GEUR (Seuil, en collaboration avec François Wahl).

Composition Jouve à Mayenne.
Impression Société Nouvelle Firmin-Didot
à Mesnil-sur-l'Estrée, le 25 mars 1999.
Dépôt légal : mars 1999.
Numéro d'imprimeur : 46549.

ISBN 2-07-040874-4/Imprimé en France.